驿路长歌

YI

LU

CHANG

GE

本书编写组 编

SPM 南方传媒 | 广东人民出版社

·广州·

图书在版编目（CIP）数据

驿路长歌 / 本书编写组编. —广州：广东人民出
版社，2024.11

ISBN 978-7-218-17312-2

Ⅰ.①驿… Ⅱ.①本… Ⅲ.①古典诗歌—诗歌欣赏—
中国 Ⅳ.①I207.2

中国国家版本馆 CIP 数据核字（2023）第 257173 号

YI LU CHANG GE

驿路长歌

本书编写组 编

出 版 人：肖风华

责任编辑：马妮璐
责任技编：吴彦斌
装帧设计：品诚文化

出版发行：广东人民出版社
地 址：广东省广州市越秀区大沙头四马路 10 号（邮政编码：510199）
电 话：（020）85716809（总编室）
传 真：（020）83289585
网 址：http://www.gdpph.com
印 刷：四川科德彩色数码科技有限公司
开 本：880mm×1230mm 1/32
印 张：9.75 字 数：216 千
版 次：2024 年 11 月第 1 版
印 次：2024 年 11 月第 1 次印刷
定 价：88.00 元

如发现印装质量问题，影响阅读，请与出版社（020-85716849）联系调换。
售书热线：（020）87716172

编 委 会

驿路长歌,是丝绸之路上遗落的花瓣或者星光。这些闪光的诗歌,很久很久了,一直照亮着丝绸之路。

一身豪气古今传，天使悲歌持节旋。

万里征尘行漠海，十年浴血牧关山。

硝烟阵阵肝肠碎，鼓角声声骨肉残。

渴望和平舍生死，雄姿两度满楼兰。

—— 献给伟大的"丝绸之路"开拓者张骞

丝绸之路来历

公元前139年，张骞奉汉武帝之命西出玉门关，开启了震古烁今的丝绸之路，那些承载着中华文明的货物走过了蜿蜒曲折的道路，穿过了无尽黄沙的大漠，渡过了碧波万顷的地中海，最终贯穿欧亚，到达了西亚及欧洲诸国。

中国的丝绸和丝织品，从长安往西，经河西走廊（今新疆境内），运到安息（今伊朗高原和两河流域），再从安息转运到西亚和欧洲的大秦（罗马），开拓了历史上著名的"丝绸之路"。史学家司马迁称赞张骞出使西域为"凿空"，意思是"开通大道"。

张骞出使西域的故事

张骞是汉武帝时期的人。公元前139年，他受命率人前往西域，寻找并联络曾被匈奴赶跑的大月氏，合力进击匈奴。

张骞一行从长安启程，经陇西向西行进。一路上日晒雨淋，风吹雪打，环境险恶，困难重重。但他信心坚定，不顾艰辛，冒险西行。当他们来到河西走廊一带后，被占据此地的匈奴骑兵发现，张骞和随从100多人全部被俘。

匈奴单于知道张骞西行的目的之后，自然不会轻易放过。把他们分散开去放羊牧马，并由匈奴人严加管制。还给张骞娶了匈奴女子为妻，一是为监视他，二是为诱使他投降。但是，张骞坚贞不屈，虽被软禁放牧，度日如年，但他一直在等待时机，准备逃跑，以完成自己的使命。

整整过了11个春秋，匈奴的看管才放松了。张骞乘机和他的贴身随从甘父一起逃走，离开匈奴地盘，继续向西行进。

这样，一直奔波了好多天，终于越过沙漠戈壁，翻过冰冻雪封的葱岭（今帕米尔高原），来到了大宛国（今乌兹别克斯坦费尔干纳）。大宛王早就听说汉朝是一个富饶的大国，很想建立联系，但苦于路途遥远，交通不便，故一直未能如愿。因此，当听说汉朝使者来到时，他喜出望外，在国都热情地接见了张骞。他请张骞参观了大宛国的汗血马。在大宛王的帮助下，张骞先后到了康居（今乌兹别克斯坦撒马尔罕）、大月氏、大夏等地，获得了大量有关西域各国的人文地理知识。

张骞在东归返回的途中，再次被匈奴抓获，后又设计逃出，终于历尽千辛万苦，于13年后回到长安。这次出使西域，使生活在中原内地的人们了解到西域的实况，激发了汉武帝"拓边"的雄心，发动了一系列抗击匈奴的战争。

公元前119年，汉王朝为了进一步联络乌孙，断"匈奴右臂"，便派张骞再次出使西域。这次，张骞带了300多人，顺利到达乌孙，并派副使访问了康居、大宛、大月氏、大夏、安息（今伊朗）、身毒（今印度）等国家。汉武帝派名将霍去病带重兵攻击匈奴，消灭了盘踞河西走廊和漠北的匈奴，建立了河西四郡和两关，开通了丝绸之路，并获取了匈奴的"祭天金人"，带回长安。

出版说明

两千多年前，"第一个睁开眼睛看世界的中国人"——张骞从繁华的中原出发，将中原文明传播至西域，又从西域诸国引进了汗血马、葡萄、苜蓿、石榴、胡麻等物种到中原，开辟了"丝绸之路"，促进了东西方文明的交流。

习近平总书记指出：各民族要相互了解、相互尊重、相互包容、相互欣赏、相互学习、相互帮助，像石榴籽那样紧紧抱在一起。传承共享经典文化，坚定文化自信互通，铸牢中华民族共同体意识。

古诗词是中国古代文学艺术的精髓，是中华民族文化艺术宝库中一颗璀璨的明珠。吊古怀今、社会风貌、自然山水、伤情别离、朝堂政治，皆成了诗词描摹的对象。

在河南省诗歌学会、河南省援疆指挥部、河南省书画人才专业委员会、河南省人才书画院、郑州市诗歌学会、南岭诗画院、新疆天基集团等单位的倡导支持下，灵宝市第三实验小学师生以诗词文化再现丝绸之路的光辉历程，编辑《驿路长歌》一书，与喜爱古诗词的读者共享中华民族经典文化的浸润滋养。

《驿路长歌》一书，收录了从隋唐到明清，从苍茫雄浑的天山大漠到繁华辉煌的名城古都，丝绸之路所经地域的部分优秀诗词，对古诗词的创作故事进行了还原性的整理归纳，为读者呈现了我国先贤哲人在古丝绸之路留下的诗风词韵，再现了丝绸之路繁荣的文化画卷。

古人一路跋涉，脚步丈量万里黄沙，拂袖八千里云月，留下璀璨诗词文化。这些经典隽永的诗篇如同散落在绵延丝路上的颗颗"璀璨水晶"，编者以丝路为经，以情感为纬；以诗词为魂，以书画为骨，穿越千年，纵横万里，旨在重现广阔丰盈丝路文化。

目　录

《秋风》

张宝松　作

1.题临安①邸②

【宋】 林升

山外青山楼外楼，

西湖③歌舞几时休④？

暖风熏⑤得游人醉，

直⑥把杭州作汴州⑦。

注释：

①临安：今浙江省杭州市，金人攻陷北宋首都汴京后，南宋统治者逃亡到南方，建都于临安。

②邸（dǐ）：旅店。

③西湖：杭州的著名风景区。

④几时休：什么时候休止。

⑤熏（xūn）：吹，用于温暖馥郁的风。

⑥直：简直。

⑦汴州：即汴京，今河南省开封市。

作者简介：

林升，字云友，又字梦屏，温州横阳亲仁乡荪湖里林坳（今属苍南县繁枝林坳）人（《水心集》卷一二有《与平阳林升卿谋葬父序》）。大约生活在南宋孝宗朝（1106—1170），是一位擅长诗文的士人。事见《东瓯诗存》卷四。《西湖游览志余》录其诗一首。

译文：

远处青山叠翠，近处楼台重重，西湖的歌舞何时才会停止？

淫靡的香风陶醉了享乐的贵人们，简直是把偏安的杭州当作昔日的汴京！

创作背景：

北宋靖康元年（1126年），金人攻陷北宋首都汴梁，赵构逃到江南，在临安即位。当政者只求苟且偏安，大肆歌舞享乐。这首诗就是针对这种黑暗现实而作的。作者将诗写在南宋皇都临安的一家旅舍墙壁上，是一首古代的"墙头诗"，疑原无题，此题为后人所加。

2. 赏牡丹

【唐】 刘禹锡

庭前芍药妖①无格②，

池上芙蕖③净少情。

唯有牡丹真国色④，

花开时节动京城⑤。

注释：

①妖：艳丽、妩媚。

②格：骨格。牡丹别名"木芍药"，芍药为草本，又称"没骨牡丹"，故作者称其"无格"。在这里，无格指格调不高。

③芙蕖：即莲花。

③国色：原意为一国中姿容最美的女子，此指牡丹花色卓绝、艳丽高贵。

⑤京城：指唐朝的京师长安，长安是唐代的首都、京城。

作者简介：

刘禹锡（772—842），字梦得，汉族，彭城（今徐州）人，祖籍洛阳，唐朝文学家、哲学家，自称是汉中山靖王后裔，曾任监察御史。唐代中晚期著名诗人，有"诗豪"之称。他的家庭是一个世代以儒学相传的书香门第。政治上主张革新，是王叔文派政治革新活动的中心人物之一。后来，永贞革新失败，被贬为朗州司马（今湖南常德）。据湖南常德历史学家、收藏家周新国先生考证，刘禹锡在被贬为朗州司马期间写了著名的《汉寿城春望》。

译文：

庭前的芍药妖娆艳丽却缺乏骨骼，池中的荷花清雅洁净却缺少情韵。

只有牡丹才是真正的天姿国色，到了开花的季节，引得无数的人来欣赏，惊动了整个京城。

创作背景：

牡丹是中国特产的名花，春末开花，花大而美。唐代高宗、武后时始从汾晋（今山西汾河流域）移植于京城，玄宗时犹视为珍品。此诗即写唐人赏牡丹的盛况。关于此诗的创作时间与地点，由陶敏、陶红雨校注的《刘禹锡全集编年校注》根据诗中用李正封"国色"之语推测此诗为大和二年（828年）至五年（831年）作者在长安所作；瞿蜕园《刘禹锡集笺证》认为，此诗作于唐大和年间作者重入长安之时；高志忠《刘禹锡诗编年校注》认为，此诗与《浑侍中宅牡丹》作于同时；吴钢、张天池《刘禹锡诗文选注》疑此诗为永贞革新时所作。

《徐福寻山图》

张宝松 作

3.莺梭

【唐】 刘克庄

掷柳迁乔①太有情，

交交时作弄机声②。

洛阳三月花如锦③，

多少工夫织得成④。

注释：

①掷柳：从柳枝上投掷下来，这里形容黄莺在柳枝间飞下时轻捷的样子。迁乔：迁移到高大的乔木上，这里形容黄莺往上飞时轻快的样子。

②交交：形容黄莺的鸣叫声。弄机声：使用织布机时发出的响声。

③洛阳：今河南省洛阳市。花如锦：花开得像锦绣一样美丽。

④织得成：织得出来，织得完。

作者简介：

刘克庄（1187—1269） 南宋诗人、词人、诗论家，字潜夫，号后村，福建莆田人。宋末文坛领袖，辛派词人的重要代表，词风豪迈慷慨。在江湖诗人中年寿最长，官位最高，成就也最大。晚年致力于辞赋创作，提出了许多革新理论。

译文：

春天，黄莺飞鸣迅速，穿梭于园林之间，时而在柳树上，时而在乔木上，似乎对林间的一切都有着深厚的情感。黄莺的啼叫声就像踏动织布机时发出的声音一般。

洛阳三月，百花争奇斗艳，竞相开放，犹如锦绣。你看那些辛勤的黄莺正忙碌于园林之中，正是它们，费了多么大的工夫，才织成如此壮丽迷人的春色啊！

诗词赏析：

这首诗描写了农历三月期间，洛阳花开似锦的美好春光。全诗中没有一个春字，而洛阳春天锦绣一样的美丽景色却跃然纸上。诗在这里选取了莺鸟和柳树两种素材。鸟儿在丝丝的柳绦中飞舞，让人很容易便想起丝线织成的绣品，而嘈杂的鸟鸣声也好像机器的声音，因此和《莺梭》这个题目很贴切。后一句有点同情下层劳动人民的意思，洛阳那么大，莺鸟竟然将它装点得五彩斑斓，那要飞得非常久，花非常多的工夫。而三月的洛阳也是因为有手工业者辛勤劳动才使人们能衣着亮丽，使三月的洛阳真正艳丽似锦绣。

黄莺在这里是被赞美的，它的勤劳换来了洛阳的美丽，而这里面如果没有春天的力量，鸟儿固然不会飞来编织锦绣，柳树的枝条也没有翠绿的颜色，织起来也就不会那么艳丽了。所以，赞美黄莺其实就是在赞美春天的勃勃生机，赞美春天带来了万物的欣欣向荣。诗人心中对春天的崇敬之情，通过"多少功夫织得成"来表达，一句感叹将情绪宣泄了出来，和前面的诗句相辅相成，浑然一体。

　　这首诗善于用明暗的比喻。把柳莺的飞下飞上喻为莺梭，把它的"交交"鸣叫声喻作机声，把洛阳盛开的花儿喻作锦绣，这些比喻形象、生动、传神。在古代写景咏物的小诗中，这也是很有名的一首。

4.芙蓉楼送辛渐①

【唐】 王昌龄

寒雨连江②夜入吴③，

平明④送客⑤楚山⑥孤⑦。

洛阳⑧亲友如相问，

一片冰心⑨在玉壶⑩。

注释：

①芙蓉楼：原名西北楼，登临可以俯瞰长江，遥望江北，在润州（今江苏省镇江市）西北。据《元和郡县志》卷二十六《江南道·润州》丹阳："晋王恭为刺史，改创西南楼名万岁楼，西北楼名芙蓉楼。"一说此处指黔阳（今湖南黔城）芙蓉楼。辛渐：诗人的一位朋友。

②寒雨：秋冬时节的冷雨。连江：雨水与江面连成一片，形容雨很大。

③吴：古代国名，这里泛指江苏南部、浙江北部一带。江苏镇江一带为三国时吴国所属。

④平明：天亮的时候。

⑤客：指作者的好友辛渐。

⑥楚山：楚地的山。这里的楚也指南京一带，因为古代吴、楚先后统治过这里，所以吴、楚可以通称。

⑦孤：独自，孤单一人。

⑧洛阳：现位于河南省西部、黄河南岸。

⑨冰心：比喻纯洁的心。

⑩玉壶：玉做的壶。比喻人品性高洁。

作者简介：

王昌龄（698—757），字少伯。早年贫贱，困于农耕。开元十五年（727年），登进士第，授秘书省校书郎。又中博学宏辞，授汜水尉。开元末，获罪谪岭南，遇赦北归，为江宁丞。天宝中，贬龙标尉。安史乱起，避乱江淮，被濠州刺史闾丘晓所杀。世称"王江宁""王龙标"。诗长于七绝，尤以登第之前赴西北边塞所作边塞诗最著，亦有宫怨闺情及送别之作。诗作兴象玲珑，意境超妙，含蓄蕴藉，盛唐时最负盛名，有"诗家夫子""七绝圣手"之称。代表作有《从军行》《出塞》《西宫春怨》《长信秋词》《闺怨》《春宫曲》《芙蓉楼送辛渐》等。后人辑有《王昌龄集》。

译文：

冷雨连夜洒遍吴地江天，清晨送走你后，独自面对着楚山离愁无限！

到了洛阳，如果洛阳亲友问起我来，就请转告他们，我的心依然像玉壶里的冰那样晶莹纯洁！

诗词赏析：

这是王昌龄有名的赠别诗。"洛阳亲友如相问，一片冰心在玉壶"两句诗是作者托朋友辛渐向洛阳的亲友致意之词，含蓄而富有深意，体现了其真挚高洁的胸怀，表现出他坚定的操守和品格，写得明快开朗，没有渲染低沉的情绪，同时也对辛渐坦陈表白，深化对友人的真挚友情。今人引用"一片冰心在玉壶"这句诗，多用来表示自己志趣高洁。

5.次①北固山②下

【唐】 王湾

客路青山外③，行舟绿水前。

潮平两岸阔③，风正⑤一帆悬⑥。

海日⑦生残夜⑧，江春⑨入旧年。

乡书何处达？归雁⑩洛阳边。

注释：

①次：旅途中暂时停宿，这里是停泊的意思。

②北固山：在今江苏镇江北，三面临长江。

③客路：旅途。青山外：一作"青山下"。

④潮平两岸阔：潮水涨满，两岸与江水齐平，整个江面十分开阔。

⑤风正：顺风。

⑥悬：挂。

⑦海日：海上的旭日。

⑧残夜：夜将尽之时。

⑨江春：江南的春天。

⑩归雁：北归的大雁。大雁每年秋天飞往南方，春天飞往北方。古代
有用大雁传递信息的传说。

作者简介：

　　王湾（约693—约751），字号不详，唐代诗人，洛阳（今河南洛阳）人。玄宗先天年间（712年）进士及第，授荥阳县主簿。后由荥阳主簿受荐编书，参与集部的编撰辑集工作，书成之后，因功授任洛阳尉。王湾"词翰早著"，现存诗10首，其中最出名的是《次北固山下》。

译文：

　　郁郁葱葱的山外是旅客的道路，船航行在绿水之间。

　　潮水涨满，两岸与江水齐平，整个江面十分开阔，帆顺着风端直高挂。

　　夜幕还没有褪尽，旭日已在江上冉冉升起，还在旧年时分，江南已有了春天的气息。

　　我的家书应该送到什么地方呢？北去的归雁啊，请给我捎回洛阳那边！

创作背景：

　　该首题为《次北固山下》的五律，最早见于唐朝芮挺章编选的《国秀集》。这是诗人在一年冬末春初时，由楚入吴，在沿江东行途中泊舟于江苏镇江北固山下时有感而作的。

《芒山寺》

张宝松 作

6.秋思

【唐】 张籍

洛阳城里见秋风，
欲作家①书意万重②。
复恐③匆匆说不尽，
行人④临发⑤又开封⑥。

注释：

　　①家：一作"归"。

　　②意万重：形容思绪万千。

　　③复恐：又恐怕。

　　④行人：指送信的人。

　　⑤临发：将出发。

　　⑥开封：拆开已经封好的家书。

作者简介：

张籍（约767—约830），唐代诗人，字文昌，汉族，和州乌江（今安徽和县）人，郡望苏州吴（今江苏苏州）。先世移居和州，遂为和州乌江（今安徽和县乌江镇）人。世称"张水部""张司业"。张籍的乐府诗与王建齐名，并称"张王乐府"。著名诗篇有《塞下曲》《征妇怨》《采莲曲》《江南曲》。《张籍籍贯考辨》认为，韩愈所说的"吴郡张籍"乃谓其郡望，并引《新唐书·张籍传》《唐诗纪事》《舆地纪胜》等史传材料，驳苏州之说而定张籍为乌江人。

译文：

洛阳城里刮起了秋风，心中思绪翻涌，想写封家书问候平安。

又担心时间匆忙有什么没有写到之处，在送信之人即将出发前再次打开信封检查。

创作背景：

张籍原籍吴郡，他在创作这首诗时正客居洛阳城。当时是秋季，秋风勾起了诗人独在异乡的凄寂情怀，引起对家乡、亲人的思念之情，于是创作了这首诗。

7.菩萨蛮^①·洛阳城里春^②光好

【唐】 韦庄

洛阳城里春光好，洛阳才子^③他乡老。

柳暗魏王堤^④，此时心转迷。

桃花春水渌^⑤，水上鸳鸯浴。

凝恨^⑥对残晖，忆君君不知。

注释：

①菩萨蛮：词牌名。

②春：一作"风"。

③洛阳才子：西汉时洛阳人贾谊，年十八能诵诗书，长于写作，人称洛阳才子。这里指作者本人，作者早年寓居洛阳。

④魏王堤：即魏王池。唐代洛水在洛阳溢成一个池，成为洛阳的名胜。唐太宗贞观中赐给魏王李泰，故名魏王池。有堤与洛水相隔，因称魏王堤。

⑤渌：一本作"绿"，水清的样子。

⑥凝恨：愁恨聚结在一起。

作者简介：

  韦庄（约836—约910），字端己，汉族，长安杜陵（今陕西省西安市附近）人，晚唐诗人、词人，五代时前蜀宰相。文昌右相韦待价七世孙、苏州刺史韦应物四世孙。韦庄工诗，与温庭筠同为"花间派"代表作家，并称"温韦"。所著长诗《秦妇吟》反映战乱中妇女的不幸遭遇，在当时颇负盛名，与《孔雀东南飞》《木兰诗》并称"乐府三绝"。有《浣花集》10卷，后人又辑其词作为《浣花词》。《全唐诗》录其诗316首。

译文：

  春暖花开，万象更新。洛阳城里，春光明媚，娇好异常。可是，我这个天涯浪子，却只能异地漂泊，老死他乡。眼前的魏王堤上，杨柳依依，浓荫茂密。而我心怀隐痛，满心凄迷，惆怅不已。

  桃花嫣红，春水碧绿，烟笼柳堤，水浴鸳鸯。此物之出双入对、相守相依，更勾起我这个离人永隔之悲苦。无以释解，只好把一腔相思相忆之情凝结成的丝丝愁恨，化解到落日西沉的余晖之中。远方的人儿呵，遥远的故国呵，你知道吗，我这是在怀念着你呵！

创作背景：

  这首词是韦庄在唐僖宗中和年间避乱洛阳时的作品。韦庄客居洛阳，正是国家多事之秋，战乱频仍，民不聊生，自己则浪迹他乡，一事无成。

8.闻官军[1]收河南河北

【唐】 杜甫

剑外忽传收蓟北[2]，初闻涕[3]泪满衣裳。

却看妻子愁何在[4]，漫卷诗书喜欲狂[5]。

白日放歌须纵酒[6]，青春作伴[7]好还乡。

即从巴峡穿巫峡[8]，便下襄阳向洛阳[9]。

注释：

①闻：听说。官军：指唐朝军队。

②剑外：剑门关以南，这里指四川。蓟北：泛指唐代幽州、蓟州一带，今河北北部地区，是安史叛军的根据地。

③涕：眼泪。

④却看：回头看。妻子：妻子和孩子。愁何在：哪还有一点的忧伤？愁已无影无踪。

⑤漫卷（juǎn）：胡乱地卷起。是说杜甫已经迫不及待地去整理行装，准备回家乡去了。喜欲狂：高兴得简直要发狂。

⑥放歌：放声高歌。须：应当。纵酒：开怀痛饮。

⑦青春：指明丽的春天的景色。作伴：与妻儿一同。

⑧巫峡：长江三峡之一，因穿过巫山得名。

⑨便：就。襄阳：今属湖北。洛阳：今属河南，古代城池。

作者简介：

杜甫（712—770），字子美，自号少陵野老，世称"杜工部""杜少陵"等，汉族，河南府巩县（今河南省巩义市）人，唐代伟大的现实主义诗人。杜甫被世人尊为"诗圣"，其诗被称为"诗史"。杜甫与李白合称"李杜"。为了跟另外两位诗人李商隐与杜牧即"小李杜"区别开来，杜甫与李白又合称"大李杜"。他忧国忧民，人格高尚，他的1400余首诗被保留了下来，诗艺精湛，在中国古典诗歌中备受推崇，影响深远。759—766年间曾居成都，后世有杜甫草堂纪念。

译文：

四川忽然传来收复蓟北的消息，刚刚听到时涕泪沾满衣裳。

回头看妻子和孩子哪还有一点的忧伤，胡乱地卷起诗书，欣喜若狂。

日头照耀，放声高歌，痛饮美酒，趁着明媚春光，与妻儿一同返回家乡。

就从巴峡再穿过巫峡，经过了襄阳后又直奔洛阳。

创作背景：

《闻官军收河南河北》作于公元763年（广德元年）春天，那时杜甫52岁。宝应元年（公元762年）冬季，唐军在洛阳附近的衡水打了一个大胜仗，叛军头领薛嵩、张忠志等纷纷投降。作者听到这个消息后，欣喜若狂，写下此诗。

《天门洞开》

天门洞开

张宝松 作

9.送狄宗亨

【唐】 王昌龄

秋在水清山暮①蝉，

洛阳树色鸣皋②烟。

送君归去愁不尽，

又惜空度凉风天。

注释：

①暮：傍晚。

②鸣皋：山名。狄宗亨要去的地方，在今河南省嵩县东北。

译文：

秋水清澈，蝉鸣不歇，远望暮色苍茫，洛阳树色依稀可辨。

送君离去后，心中愁绪无穷尽，只能空度这凉风飒飒的秋天。

诗词赏析：

这是一首送别朋友的诗，全诗内容是诗人对朋友真挚情谊的表达，抒发的是惜别之情。

"秋在""暮"字可以看出送行的时间是秋天的傍晚。"水清"，说明天晴气爽。"暮蝉"，黄昏的时候还有蝉在鸣叫。"洛阳"是诗人与狄宗亨惜别的地方，也就是今河南省洛阳市。"鸣皋"，狄宗亨要去的地方，在河南省嵩县东北。陆浑山之东有"鸣皋山"，相传有白鹤鸣其上，故名。又称九皋山，山麓有鸣皋镇。本句中的"树色"和"烟"意在写景，暮色苍茫中洛阳"树色"依稀可辨，这是实写；在洛阳是看不到鸣皋的"烟"的，但与朋友惜别时，向朋友要去的地方望去，烟雾朦胧，这是虚写。

诗的后两句直抒情怀。"愁不尽"说明两人情谊非同一般和作者的依依不舍之情，后句侧重点是"空度"——他说，你走了，我很惋惜无人与我做伴，只能白白度过这个凉风飒飒、气候宜人的秋天。这两句语意浅近，而诗人与狄宗亨的深厚情谊却表现得十分深刻，即所谓"意近而旨远"。

这首诗语言通俗流畅，含意隽永深沉，虽然只有4句，但却以情取景，借景抒情，委婉含蓄，意余言外。因为一首"七绝"只有28个字，表现的思想感情又较复杂，这也就难怪诗人惜墨如金，用一字而表现丰富的内容，如第二句以"烟"字概括说明想象中的鸣皋景物，第三句以"愁"字表现诗人对狄宗亨的感情之深，皆是妙笔。

10.洛中访袁拾遗①不遇

【唐】 孟浩然

洛阳访才子②，

江岭作流人③。

闻说梅花早④，

何如北⑤地春。

注释：

①洛中：指洛阳。拾遗：古代官职。

②才子：指袁拾遗。

③江岭：江南岭外之地。岭，这里指大庾岭。唐代时期的罪人常被流放到岭外。流人：被流放的人，这里指袁拾遗。

④梅花早：梅花早开。

⑤北：一作"此"。

作者简介：

孟浩然（689—740），字浩然，号孟山人，襄州襄阳（今湖北襄阳）人，唐代著名的山水田园派诗人，世称"孟襄阳"。因他未曾入仕，又称之为"孟山人"。浩然少好节义，喜济人患难，工于诗。年四十游京师，唐玄宗诏咏其诗，至"不才明主弃"之语，玄宗谓："卿自不求仕，朕未尝弃卿，奈何诬我？"因放还未仕，后隐居鹿门山，著诗200余首。

译文：

到洛阳是为了和才子袁拾遗相聚，没想到他已成为江岭的流放者。

听说那里的梅花开得早，可是怎么能比得上洛阳的春天更美好呢？

诗词赏析：

这首诗里包含了相当复杂的情绪，既有不平，也有伤感；感情深沉，却含而不露，是一首精练而含蓄的小诗。

前两句完全点出题目。"洛阳"指明地点，紧扣题目的"洛中"，"才子"即指袁拾遗；"江岭作流人"，暗点"不遇"，已经作了"流人"，自然无法相遇了。这两句是对偶句。孟浩然是襄阳人，到了洛阳以后，特意来拜访袁拾遗，足见二人感情之厚。称之为"才子"，暗用潘岳《西征赋》"贾谊洛阳之才子"的典故，以袁拾遗与贾谊相比，说明作者对袁拾遗景仰之深。

"江岭"指大庾岭，过此即是岭南地区，唐代罪人往往流放于此。用"江岭"与"洛阳"相对，用"才子"与"流人"相对，揭露了当时政治的黑暗、君主的昏庸。"才子"是难得的，本来应该重用，然而却作了"流人"，由"洛阳"远放"江岭"，这是极不合理的社会现实，何况这个"流人"又是他的挚友。这两句对比强烈，突显作者心中的不平。

"闻说梅花早，何如北地春"两句，写得洒脱飘逸，联想自然。大庾岭古时多梅，又因气候温暖，梅花早开。从上句"早"字，见出下句"北地春"中藏一"迟"字。早开的梅花，是特别引人喜爱的。可是流放岭外，比不上留居北地的故乡。此诗由"江岭"而想到早梅，从而表现了对友人的深沉怀念。但这种怀念之情，并没有付诸平直的叙述，而是借用岭外早开的梅花娓娓道出。诗人极言岭上早梅之好，却仍不如北地花开之迟，便有波澜，更见感情的深挚。

全诗四句，贯穿着两个对比。用人对比，从而显示不平；用地对比，从而显示伤感。从写法上看，"闻说梅花早"是纵笔，是一扬，从而逗出洛阳之春。那江岭上的早梅，固然逗人喜爱，但洛阳春日的旖旎风光，更使人留恋，因为它是这位好友的故乡。这就达到了由纵而收、由扬而抑的目的。结尾一个诘问句，使得作者的真意更加鲜明，语气更加有力，伤感的情绪也更加浓厚。

《大富贵》   张宝松　作

11.洛阳陌①

【唐】 李白

白玉谁家郎②，

回车渡天津③。

看花东陌④上，

惊动洛阳人。

注释：

①洛阳陌：亦名"洛阳道"，古乐曲名。属横吹曲辞。

②白玉：喻面目姣好、白皙如玉之貌。白玉谁家郎：用的是西晋文人潘岳在洛阳道上的风流韵事。《晋书·潘岳传》记载："（潘）岳美姿仪，辞藻绝丽，尤善为哀诔之文。少时挟弹出洛阳道，妇人遇之者，皆连手萦绕，投之以果，遂满车而归。"

④天津：洛阳桥名。在洛水上。

⑤东陌：洛阳城东的大道，桃李成蹊。阳春时节，城中男女多去那里看花。用潘岳典《世说新语·容止》："潘岳妙有姿容，好神情。少时挟弹出洛阳道，妇人遇者，莫不连手共萦之。"梁简文帝《洛阳道》："玉车争晓入，潘果溢高箱。"

作者简介：

　　李白（701—762），字太白，号青莲居士，又号"谪仙人"，唐代伟大的浪漫主义诗人，被后人誉为"诗仙"，与杜甫并称为"李杜"。为了与另两位诗人李商隐与杜牧即"小李杜"区别开来，杜甫与李白又合称"大李杜"。据《新唐书》记载，李白为兴圣皇帝（凉武昭王李暠）九世孙，与李唐诸王同宗。其人爽朗大方，爱饮酒作诗，喜交友。李白深受黄老列庄思想影响，有《李太白集》传世，诗作多是醉时写的，代表作有《望庐山瀑布》《行路难》《蜀道难》《将进酒》《明堂赋》《早发白帝城》等多首。

译文：

　　那个面白如玉的是谁家的少年郎？他已回车过了天津桥。在城东的大道上看花，惊动得洛阳人都来看他。

创作背景：

　　《乐府诗集》卷二十三列于《横吹曲辞》，梁简文帝、沈约、庚肩吾、徐陵等有《洛阳道》，皆写洛阳士女游乐之事。李白始题《洛阳陌》。萧士赟云："《乐府遗声》都邑三十四曲有《洛阳陌》。"李白诗沿旧乐府题旨，当作于开元二十三年（735年）游洛阳时。

12.别诗二首·其一

【南北朝】 范云

洛阳城东西，
长作经时别。
昔^①去雪如花，
今来花似^②雪。

注释：

①昔：以前。

②似：如同，犹如。

作者简介：

范云（451—503），字彦龙，南乡郡舞阴县（今河南省泌阳县）人。南朝梁大臣，著名文学家。范缜从弟。

6岁时，随姑父袁叔明读《诗经》，日诵九纸。8岁时，遇到豫州刺史殷琰。殷琰同他攀谈，范云从容对答，即席作诗，挥笔而成。南齐朝，进入竟陵王萧子良幕府，"竟陵八友"之一。齐武帝永明十年（492年），随同萧琛出使北魏，受到北魏孝文帝的称赏。还朝后，迁零陵内史，转始兴内史、广州刺史，皆有政绩。萧衍代齐建梁，拜侍中，迁散骑常侍、吏部尚书，再迁尚书右仆射、霄城县侯，居官能直言劝谏。

天监二年（503年）病故，享年53岁。梁武帝闻讯，痛哭流涕，御驾临殡，追赠其本官、侍中、卫将军，赐谥号为文。

译文：

虽然我们都住在洛阳城，仅仅分居城东、城西，但每次分别都往往跨越季节。

离开的时候，漫天的雪花像盛开的白花；如今回来，遍野的花朵像纷纷的白雪。

诗词赏析：

用分别时雪花飞舞的凄凉和重逢时百花盛开的温暖做对照，抒发重逢的快乐。南朝宋元徽四年（476年），萧赜主持郢州（今湖北武汉附近）军政，范云随父范抗在郢府，沈约和范抗同府，与比他年轻十岁的范云相识交好。几年后，沈约转至荆州（今湖北江陵附近）为征西记室参军，此诗作于两人分别之时。

《黄河古道》　　　　　　　　　　　张宝松　作

13.春雪

【唐】 刘方平

飞雪带春风，
裴回①乱绕空。
君②看似花处③，
偏在洛阳东。

注释：

①裴回：彷徨，徘徊不进。诗中指雪花飞来飞去。

②君：相当于"你"，有尊敬的意思。

③似花处：指雪花落在树枝上，如盛开的梨花一般。

作者简介：

刘方平（758年前后在世），唐朝河南洛阳人，匈奴族。天宝前期曾应进士试，又欲从军，均未如意，从此隐居颖水、汝河之滨，终生未仕。与皇甫冉、元德秀、李颀、严武为诗友，为萧颖士赏识。工诗，善画山水。其诗多咏物写景之作，尤擅绝句，又多写闺情、乡思，思想内容较贫弱，但艺术性较高，善于寓情于景，意蕴无穷。其《月夜》《春怨》《新春》《秋夜泛舟》等都是历来为人传诵的名作。

译文：

漫天飞舞的大雪携带着春风而来，雪花在空中回旋乱舞。

你看那雪花落在树枝上，如盛开的梨花一般的地方，正是洛阳城中的富贵人家啊！

创作背景：

刘方平生于洛阳，于天宝（742—756）前期应进士试，又欲从军，均未如意，从此隐居于颖水、汝河之滨。《春雪》即是诗人离开故土洛阳而东南迁移时所作。

14. 春夜洛城①闻笛

【唐】 李白

谁家玉笛②暗飞声③，

散入春风④满洛城。

此夜曲中闻⑤折柳⑥，

何人不起故园⑦情。

注释：

①洛城：今河南洛阳。

②玉笛：笛子的美称。

③暗飞声：声音不知从何处传来。声：声音。

④春风：指春天的风，有恩泽、融和的气氛等引申含义。

⑤闻：听见。

⑥折柳：即《折杨柳》笛曲，乐府"鼓角横吹曲"调名，内容多写离情别绪。曲中表达了送别时的哀怨感情。

⑦故园：指故乡、家乡。

译文：

　　这是从谁家飘出的悠扬笛声呢？它随着春风飘扬，传遍洛阳全城。

　　客居之夜听到《折杨柳》的曲子，谁又能不生出怀念故乡的愁情？

创作背景：

　　这首诗是公元735年（开元二十三年）李白游洛阳时所作（当时李白客居洛城，即今天的河南洛阳。在唐代，洛阳是一个很繁华的都市，称东都）。描写在夜深人静之时，听到笛声而引发思乡之情。王尧衢《唐诗合解》："忽然闻笛，不知吹自谁家。因是夜闻，声在暗中飞也。笛声以风声而吹散，风声以笛声而远扬，于是洛春夜遍闻风声，即遍闻笛声矣。折柳所以赠别，而笛调中有《折杨柳》一曲。闻折柳而伤别，故情切乎故园。本是自我起情，却说闻者'何人不起'，岂人人有别情乎？只为'散入春风'，满城听得耳。"

《太行朝霞》　　　　　　　　　　　张宝松　作

15.入朝洛堤^①步月

【唐】 上官仪

脉脉^②广川^③流，

驱马历^④长洲^⑤。

鹊飞山月曙^⑥，

蝉噪野风秋。

注释：

①洛堤：东都洛阳皇城外百官候朝处，因临洛水而名。

②脉脉：原意指凝视的样子，此处用以形容水流的悠远绵长状。

③广川：洛水。

④历：经过。

⑤长洲：指洛堤。

⑥曙：明亮。

作者简介：

上官仪（约 608—665），唐初著名诗人。字游韶，陕州陕县（今河南三门峡陕县）人，生于江都。贞观初，擢进士第，召授弘文馆直学士，迁秘书郎。唐高宗时供职门下省，颇受唐高宗和武则天的赏识。龙朔二年（662年），成为宰相。后来，高宗不满武后跋扈，上官仪向高宗建议废后，高宗亦以为然，由上官仪草诏。武后涕泣陈请，事遂中缀。自此，武后深恶上官仪。麟德元年（664年），上官仪被诛，家产和人口被抄没，其一子上官庭芝也被诛杀。中宗即位后，因上官庭芝女上官婉儿为昭容，对上官仪父子有所追赠，绣像凌烟阁，追封为楚国公。

译文：

洛水悠远，绵绵不息地流向远方。我气定神闲地驱马走在洛河长堤上。

曙光微明，月挂西山，鹊鸟出林，寒蝉在初秋的野外晨风中嘶声噪鸣。

创作背景：

刘𫘧《隋唐嘉话》载，唐高宗"承贞观之后，天下无事。仪独持国政。尝凌晨入朝，巡洛水堤，步月徐辔"，即兴吟咏了这首诗。当时一起等候入朝的官僚们，觉得"音韵清亮"，"望之犹神仙焉"。可见这诗是上官仪任宰相时所作，大约在龙朔（唐高宗年号，661—663）年间。

16.春兴①

【唐】 武元衡

杨柳阴阴②细雨晴，
残花落尽见流莺③。
春风一夜吹乡梦④，
又⑤逐春风到洛城⑥。

注释：

①春兴：春游的兴致。唐皇甫冉《奉和对山僧》："远心驰北阙，春兴寄东山。"

②阴阴：形容杨柳幽暗茂盛。

③流莺：即莺。流：谓其鸣声婉转。南朝梁沈约 《八咏诗·会圃临东风》："舞春雪，杂流莺。"

④乡梦：美梦；甜蜜的梦境。乡：一作"香"。

⑤又：一作"梦"。

⑥洛城：洛阳，诗人家乡缑氏在洛阳附近。

作者简介：

武元衡（758—815），唐代诗人、政治家，字伯苍，缑氏（今河南偃师东南）人，武则天曾侄孙。建中四年（783年），登进士第，累辟使府，至监察御史，后改华原县令。德宗知其才，召授比部员外郎。岁内，三迁至右司郎中，寻擢御史中丞。顺宗立，罢为右庶子。宪宗即位，复前官，进户部侍郎。元和二年（807年），拜门下侍郎平章事，寻出为剑南节度使。元和八年（813年），征还秉政，早朝被平卢节度使李师道遣刺客刺死。赠司徒，谥忠愍。《临淮集》十卷，今编诗二卷。

译文：

雨后初晴，细雨冲刷过的柳树苍翠欲滴，残花凋谢落尽，黄莺在枝头啼鸣。

一夜春风吹起了我的思乡梦。在梦中，我追逐着春风飞回了洛阳城。

诗词赏析：

此诗是集春景、乡思、归梦于一身的作品。前两句述写异乡的春天已经过去，隐含了故乡的春色也必将逝去的感慨；后两句想象春风非常富有感情而且善解人意，仿佛理解了诗人的心情而特意为他殷勤地吹送乡梦。

17.上洛桥

【唐】 李益

金谷园中柳，

春来似舞腰。

那堪①好风景，

独②上洛阳桥。

注释：

①那堪：怎堪；怎能禁受。

②独：独自；一人。

李益（748—829），唐代诗人，字君虞，陇西姑臧（今甘肃武威）人，家居郑州（今属河南）。公元769年登进士第，公元783年登书判拔萃科。因仕途失意，客游燕赵。公元797年，任幽州节度使刘济从事。公元800年，南游扬州等地，写了一些描绘江南风光的佳作。公元820年后入朝，历秘书少监、集贤学士、左散骑常侍等职。公元827年，以礼部尚书致仕。他是中唐边塞诗的代表诗人。其边塞诗虽不乏壮词，但偏于感伤，主要抒写边地士卒久戍思归的怨望心情，不复有盛唐边塞诗的豪迈乐观情调。他擅长绝句，尤工七绝；律体也不乏名篇。今存《李益集》二卷，《李君虞诗集》二卷。

译文：

春风吹动了金谷园里的几棵杨柳树，柳条就像少女那样摆动着细腰。

可惜美好的风景里缺失了繁华之气，我心里十分失落，独自登上洛阳桥。

诗词赏析：

"洛桥"，一作"上洛桥"，即天津桥，在唐代河南府河南县（今河南省洛阳市）。大唐盛世，阳春时节，这里是贵达士女云集游春的繁华胜地。但在安史之乱后，其已无往日盛况。河南县还有一处名园遗址，即西晋门阀豪富石崇的别庐金谷园，在洛桥北望，约略可见。诗人春日独上洛阳桥，北望金谷园，即景咏怀，以寄感慨。

驿路长歌

先写目中景。眺望金谷园遗址，只见柳条在春风中摆动，婀娜多姿，仿佛一群苗条的伎女在翩翩起舞，一派春色繁荣的好风景。然后写心中情。面对这一派好景，此时只有诗人孤零零地站在往昔繁华的洛阳桥上，觉得分外冷落，不胜感慨系之。

诗的主题思想是抒发对好景不长、繁华消歇的历史盛衰的感慨，新意无多。它的妙处在于艺术构思和表现手法所造成的独特意境和情调。

以金谷园引出洛阳桥，用消失了的历史豪奢比照正在消逝的现时繁华，这样的构思是为了激发人们对现实的关注，而不陷于历史的感慨，发人深省。用柳姿舞腰的轻快形象起兴，仿佛要引起人们对盛世欢乐的神往，却以独上洛桥的忧伤，切实引起人们对时世衰微的关切，这样的手法是含蓄深长的。换句话说，它从现实看历史，以历史照现实，从欢乐到忧伤，由轻快入深沉，巧妙地把历史的一时繁华和大自然的眼前春色融为一体，意境浪漫而真实，情调遐远而深峻，相当典型地表现出由盛入衰的中唐时代脉搏。应当说，在中唐前期的山水诗中，它是别具一格的即兴佳作。

《成山日出》 张宝松 作

18. 洛阳城外别皇甫湜①

【唐】 李贺

洛阳吹别风，龙门②起断烟。

冬树束生涩，晚紫③凝华天。

单身野霜上，疲马飞蓬间。

凭轩一双泪，奉坠绿衣④前。

注释：

①皇甫湜：字持正。睦州人。元和元年（806年）进士，历陆浑县尉、工部郎中、东都判官之职。与韩愈友。

②龙门：在洛阳南，属绛州。《吕氏春秋》载，禹凿龙门，河始南流。

③晚紫：紫色晚烟也。

④绿衣：唐代官制，七品以上着绿服。时皇甫湜为侍御史。

作者简介：

李贺（790—816），字长吉，汉族，河南福昌（今河南洛阳宜阳县）人，家居福昌昌谷，后世称李昌谷，是唐宗室郑王李亮后裔。著有《昌谷集》。李贺是中唐的浪漫主义诗人，与李白、李商隐并称"唐代三李"。有"太白仙才，长吉鬼才"之说，世称"诗鬼"。李贺是继屈原、李白之后，中国文学史上又一位颇享盛誉的浪漫主义诗人，也是中唐到晚唐诗风转变期的重要人物。李贺长期抑郁感伤、焦思苦吟，元和八年（813年）因病辞去奉礼郎回昌谷，27岁英年早逝。

译文：

洛阳吹起那离别的风，龙门的烟霭似将你我间密切的来往断隔。

冬天的枯枝，在朔风中瑟瑟颤动；晚烟凝映云天，呈现紫色。

你独自骑着马行走在寒霜枯草间。

我倚靠着栏杆，满目清然，能否凭借着风，把我两行热泪奉送到你的面前。

诗词赏析：

首联"洛阳吹别风，龙门起断烟"以对句起始，点明分别地点，写从洛阳到龙门（洛阳南25里）送别路上的情景。唐人送行都在下午，第二天一早，行人才登程出发。诗中写的也是向晚的景色。诗人因科举路绝，仕途受阻，再次入京也是休咎未卜，前途渺茫。满怀愁绪之中，景因情异，风、烟都有别意，使人黯然神伤。"断烟"是说烟霭似将断隔好友间密切的来往。两句诗以东都洛阳、胜地龙门和天风暮霭，构成送别图景，于悲凉中见出壮阔。前人说长吉诗工于发端，百炼千磨，开门即见，从这里可以见其一斑。

颔联"冬树束生涩，晚紫凝华天"，冬天的树，枝干森森，好像一束枯枝，在朔风中瑟瑟颤动;晚烟凝映云天，呈现出紫的颜色。王勃曾有"烟光凝而暮山紫"的句子，情调虽异，景色近似。这两句描写傍晚时分的萧瑟迷蒙气象，衬托出离别的心情。上句承"别风"，下句承"断烟"，前后应接得紧密。

颈联拓开了意境，同时紧扣着离愁，预言别后自己旅途上的苦况。"飞蓬"不但带出时令，还有飘零的意思。"单身""疲马"踽踽独行在寒霜枯草之间，一种凄惶孤苦的情状跃然纸上。马致远《秋思》里"古道西风瘦马""断肠人在天涯"的境况，可能不无李贺的影子。李商隐《李长吉小传》中说："长吉往往独骑往还京洛。"更可见出他的凄凉身世。

尾联又回到眼前的别情上来。在旅舍里凭栏沉思，各种思绪联翩而起，怀才不遇的幽愤，奔波求生的痛苦，特别是对眼前知友屡次推荐的感激，不禁泪水双流。"奉坠"二字包含着复杂的感情。在临别之际，说不出对方所期望的成就，也看不到今后的希望，有的只是悲酸的眼泪作为奉献，读来令人凄然。

19.巴陵^①夜别王八员外

【唐】 贾至

柳絮飞时别洛阳，

梅花发后到三湘^②。

世情已逐^③浮云散，

离恨空随江水长。

注释：

①巴陵：即岳州。《全唐诗》校："一作萧静诗，题云'三湘有怀'。"

②三湘：一说潇湘、资湘、沅湘。这里泛指湘江流域，洞庭湖南北一带。《全唐诗》校："到，一作'在'。"

③逐：随，跟随。

作者简介：

贾至（718—772），字幼隣，唐代洛阳人，贾曾之子。擢明经第，为军父尉。安禄山乱，从唐玄宗幸蜀，知制诰，历中书舍人。时肃宗即位于灵武，玄宗令至作传位册文。至德中，将军王去荣坐事当诛，肃宗惜去荣材，诏贷死。至切谏，谓坏法当诛。广德初，为礼部侍郎，封信都县伯。后封京兆尹，兼御史大夫。卒，谥文。至著有文集30卷，《唐才子传》有其传。

译文：

在一个柳絮纷飞的时节，我告别了故乡洛阳，经过千里跋涉，在梅花开放的寒冬到了三湘。

人世间的悲欢离合、盛衰荣辱如同浮云一样，都是过眼云烟；可是，依依离情却像那悠长的江水一样绵绵不绝。

诗词赏析：

这是一首情韵别致的送别诗，一首贬谪者之歌。王八员外被贬长沙，因事谪守巴陵的作者给他送行。两人"同是天涯沦落人"，在政治上都怀才不遇，彼此在巴陵夜别，更增添了缠绵悱恻之情。

这首诗首先从诗人告别洛阳时写起："柳絮飞时别洛阳，梅花发后到三湘。"暮春时节，柳絮纷纷扬扬，诗人怀着被贬的失意心情离开故乡洛阳，在梅花盛开的隆冬时分，来到三湘。这里以物候的变化暗示时间的变换，深得《诗经·小雅·采薇》"昔我往矣，杨柳依依；今我来思，雨雪霏霏"的遗韵。开头两句洒脱灵动，情景交融，既点明季节、地点，又渲染气氛，给人一种人生飘忽、离合无常的感觉。回想当初被贬的情景，诗人不胜感慨，此时友人王八员外也遭逢相同的命运，远谪长沙，临别依依，感慨万端："世情已逐浮云散，离恨空随江水长。"第三句所说"世情"，可包括人世间的盛衰兴败、悲欢离合，人情的冷暖厚薄等。而这一切，诗人和王八员外都遭遇过，并都有过深切的感受。命运相同，相知亦深。世情如浮云，更添离情缠绵缠绵，有如流水之悠长深远。结句比喻形象，"空随"二字似写诗人的心随行舟远去，也仿佛王八员外载满船的离恨而去。一个"空"字，委婉地表达出一种无可奈何而又恋恋不舍的深情。

　　唐人抒写迁谪之苦、离别之恨者的诗作很多，可说各抒其情，各尽其妙。这首诗以迁谪之人送迁谪之人，离情倍添惆怅，故沉郁苍凉，情致深幽。一结有余不尽，可称佳作。

20.春夜别友人二首·其一

【唐】 陈子昂

银烛吐青烟，金樽对绮筵。

离堂思琴瑟^①，别路绕山川。

明月隐高树，长河^②没晓天。

悠悠洛阳道，此会在何年。

注释：

①琴瑟：比喻友情。

②长河：指银河。

作者简介：

　　陈子昂（661—702），字伯玉，梓州射洪（今四川省射洪市）人，唐代文学家、诗人，初唐诗文革新人物之一。因曾任右拾遗，后世称陈拾遗。陈子昂存诗共100多首，其诗风骨峥嵘，寓意深远，苍劲有力。其中最有代表性的有组诗《感遇》38首，《蓟丘览古》7首，以及《登幽州台歌》《登泽州城北楼宴》等。陈子昂与司马承祯、卢藏用、宋之问、王适、毕构、李白、孟浩然、王维、贺知章称为"仙宗十友"。

译文：

　　明亮的蜡烛吐着缕缕青烟，高举金杯面对精美丰盛的席宴。饯别的厅堂里回忆着朋友的情意融洽，分别后要绕山过水，路途遥远。宴席一直持续到明月隐蔽在高树之后，银河消失在拂晓之中。走在这悠长的洛阳道上，不知什么时候才能相会？

创作背景：

　　陈子昂《春夜别友人》共有两首，这里所选的是第一首。诗约作于武则天光宅元年（684年）春。这时，年方26岁的陈子昂告别家乡四川射洪，准备向朝廷上书，求取功名。友人在一个温馨的夜晚设宴欢送他。席间，友人的一片真情触发了作者胸中的诗潮。

21. 玉楼春·尊前^①拟把归期说

【宋】 欧阳修

尊前拟把归期说，欲语春容^②先惨咽。

人生自是有情痴，此恨不关风与月。

离歌^③且莫翻新阕^④，一曲能教肠寸结。

直须看尽洛城花^⑤，始^⑥共春风容易别。

注释：

①尊前：即樽前，饯行的酒席前。

②春容：如春风妩媚的颜容。此指别离的佳人。

③离歌：指饯别宴前唱的流行的送别曲。

④翻新阕：按旧曲填新词。白居易《杨柳枝》："古歌旧曲君莫听，听取新翻杨柳枝。"阕：乐曲终止。

⑤洛城花：洛阳盛产牡丹，欧阳修有《洛阳牡丹记》。

⑥始：始而，表示某一情况或动作开始（后面多接用"继而""终于"等副词）。共：和，与。

作者简介：

　　欧阳修（1007—1072），字永叔，号醉翁，晚号"六一居士"。汉族，吉州永丰（今江西省永丰县）人，因吉州原属庐陵郡，以"庐陵欧阳修"自居。谥号文忠，世称欧阳文忠公。北宋政治家、文学家、史学家，与韩愈、柳宗元、王安石、苏洵、苏轼、苏辙、曾巩合称"唐宋八大家"。后人又将其与韩愈、柳宗元和苏轼合称"千古文章四大家"。

译文：

　　饯行的酒席前就想先把归期说定，一杯心切情切，欲说时佳人无语滴泪，如春风妩媚的娇容，先自凄哀低咽。人生自是有情，情到深处痴绝，这凄凄别恨不关涉——楼头的清风，中天的明月。

　　饯别的酒宴前，不要再按旧曲填新词，清歌一曲就已让人愁肠寸寸郁结。一定要将这洛阳城中的牡丹看尽，继而才能与春风轻松地告别。

创作背景：

　　这首词道离情，写作于1034年（景祐元年）春三月欧阳修西京留守推官任满离洛之际。

22.函谷关

【唐】 宋之问

何去西牛^①寻老聃，
关楼南望起东山。
垂披发髻看多少，
道德五千君又还。

注释：

①西牛：司马贞索隐引《列异传》："老子西游，关令尹喜望见其有紫气浮关，而老子果乘青牛而过。"

作者简介：

宋之问（约656—约712），名少连，字延清，汾州隰城（今山西省汾阳市）人，一说虢州弘农（今河南省灵宝市）人。唐代诗人，左骁卫郎将宋令文的儿子。唐高宗上元二年（761年），中进士，授洺州参军，累转尚方监丞、左奉宸内供奉，趋附张易之兄弟。唐中宗复位后，坐贬泷州参军。告密有功，擢鸿胪寺主簿，迁考功员外郎。先后依附安乐公主，外贬越州长史。先天元年（712年）八月，唐玄宗李隆基即位后，赐死于桂州，享年56岁。

宋之问的诗多歌功颂德之作，文辞华丽，自然流畅，对律诗定型颇有影响。原集已佚，有辑本《宋之问集》二卷。

译文：

当初老子骑青牛西出函谷关之后，就难以寻找到他的踪迹了。站立在关楼上向南眺望，依稀可见巍巍矗立的东山，那大抵是老子隐居之所吧。披发沉吟《道德经》不知有多少遍，仿佛看见老子骑着青牛又回到了函谷关。

诗词赏析：

紫气东来

据《史记》记载：春秋末期，柱下史老子李聃看到周室将衰，西渡隐居。公元前491年，函谷关令尹喜，清早从家里出门，站在一个土台上（现瞻紫楼）看见东方紫气腾腾，霞光万道，观天象奇景，欣喜若狂，大呼："紫气东来，必有异人通过。"忙令关吏清扫街道，恭候异人，果然，见一老翁银发飘逸，气宇轩昂，并且倒骑青牛向关门走来。尹喜忙上前迎接，通报姓名后，诚邀才子在此小住。才子欣然从命，在此著写了彪炳千秋的洋洋五千言《道德经》。以后，函谷关一带的门楣或春联都有"紫气东来"四字，流传至今，表示吉祥。

《暖春》　　　　　　　　　　　　张宝松　作

23. 登科①后

【唐】 孟郊

昔日龌龊②不足夸③，

今朝放荡思无涯④。

春风得意马蹄疾⑤，

一日看尽长安花。

注释：

①登科：唐朝实行科举考试制度，考中进士称及第，经吏部复试取中
后授予官职称登科。

②龌龊（wò chuò）：原意是肮脏，这里指不如意的处境。

③不足夸：不值得提起。

④放荡（dàng）：自由自在，不受约束。思无涯：兴致高涨。

⑤得意：指考取功名，称心如意。疾：飞快。

作者简介：

孟郊（751—814），字东野，唐代著名诗人。汉族，湖州武康（今浙江德清）人，祖籍平昌（今山东临邑东北），先世居洛阳（今属河南）。现存诗歌500多首，以短篇的五言古诗最多，代表作有《游子吟》。有"诗囚"之称，又与贾岛齐名，人称"郊寒岛瘦"。元和九年（814年），在阌乡（今河南灵宝）因病去世。张籍私谥为贞曜先生。

译文：

以往不如意的处境再也不足一提，今日及第令人神采飞扬，兴致高涨。

迎着浩荡春风得意地纵马奔驰，好像一天就可以看完长安似锦的繁华。

诗词赏析：

孟郊46岁那年进士及第，他自以为从此可以别开生面、风云际会、龙腾虎跃一番了。满心按捺不住得意欣喜之情，便化成了这首别具一格的小诗。这首诗因为给后人留下了"春风得意"与"走马观花"两个成语而更为人们熟知。

诗人两次落第，这次竟然高中，就仿佛一下子从苦海中超度出来，登上了欢乐的顶峰。所以，诗一开头就直接倾泻心中的狂喜，说以往那种生活上的困顿和思想上的不安再也不值得一提了，此时金榜题名，终于扬眉吐气，自由自在，真是说不尽的畅快。"春风得意马蹄疾，一日看尽长安花。"诗人得意洋洋、心花怒放，便迎着春风策马奔驰于鲜花烂漫的长安道。人逢喜事精神爽，此时的诗人神采飞扬，不但感到春风骀荡、天宇高远、大道平阔，就连自己的骏马也四蹄生风了。偌大一座长安城，春花无数，却被他一日看尽，真是"放荡"无比！诗人情与景会、意到笔成，不仅活灵活现地描绘了自己高中之后的得意之态，还酣畅淋漓地抒发了得意之情，明朗畅达而又别有情韵。因而，这两句诗成为人们喜爱的千古名句，并派生出两个成语。

按唐制，进士考试在秋季举行，发榜则在下一年春天。这时候的长安，正春风轻拂，春花盛开。城东南的曲江、杏园一带春意更浓，新进士在这里宴集同年，"公卿家倾城纵观于此"（《唐摭言》卷三）。新进士们"满怀春色向人动，遮路乱花迎马红"（赵嘏《今年新先辈以遏密之际每有宴集必资清谈书此奉贺》）。可知所写春风骀荡、马上看花是实际情形。但诗人并不流连于客观的景物描写，而是突出了自我感觉上的"放荡"：情不自禁吐出"得意"二字，还要"一日看尽长安花"。在车马拥挤、游人争观的长安道上，不可能容得他策马疾驰，偌大一个长安，无数春花，"一日"是不能"看尽"的。然而诗人尽可自认为当日的马蹄格外轻疾，也尽不妨说一日之间已把长安花看尽。虽无理却有情，因为写出了真情实感，也就不觉得其荒唐了。同时，诗句还具有象征意味："春风"，既是自然界的春风，也是皇恩的象征。所谓"得意"，既指心情上称心如意，也指进士及第之事。诗句的思想艺术容量较大，明朗畅达而又别有情韵，因而"春风得意马蹄疾，一日看尽长安花"成为后人喜爱的名句。

24.过华清宫①绝句三首·其一

【唐】 杜牧

长安回望绣成堆②，

山顶千门次第③开。

一骑红尘④妃子⑤笑，

无人知是⑥荔枝来。

注释:

①华清宫:《元和郡县志》:"华清宫在骊山上，开元十一年初置温泉宫。天宝六年改为华清宫。又造长生殿，名为集灵台，以祀神也。"

②绣成堆:骊山右侧有东绣岭，左侧有西绣岭。唐玄宗在岭上广种林木花卉，郁郁葱葱。

③千门:形容山顶宫殿壮丽，门户众多。次第:依次。

④红尘:这里指飞扬的尘土。

⑤妃子:指杨贵妃。

⑥知是:一作"知道"。

作者简介：

杜牧（803—约852），字牧之，号樊川居士，汉族，京兆万年（今陕西西安）人，唐代诗人。杜牧人称"小杜"，以别于杜甫。与李商隐并称"小李杜"。因晚年居长安南樊川别墅，故后世称"杜樊川"，著有《樊川文集》。

译文：

从长安回望，骊山景致宛如团团锦绣，山顶上华清宫门依次打开。

一骑驰来烟尘滚滚，妃子欢心一笑，无人知道是南方送了荔枝鲜果来。

诗词赏析：

此诗通过送荔枝这一典型事件，鞭挞了玄宗与杨贵妃骄奢淫逸的生活，有着以微见著的艺术效果，精妙绝伦，脍炙人口。

起句描写华清宫所在地骊山的景色。诗人从长安"回望"的角度来写，犹如电影摄影师，在观众面前先展现一个广阔深远的骊山全景：林木葱茏，花草繁茂，宫殿楼阁耸立其间，宛如团团锦绣。"绣成堆"，既指骊山两旁的东绣岭、西绣岭，又形容骊山的美不胜收，语义双关。

接着，场景向前推进，展现出山顶上那座雄伟壮观的行宫。平日紧闭的宫门忽然一道接着一道缓缓地打开了。接下来，又是两个特写镜头：宫外，一名专使骑着驿马风驰电掣般疾奔而来，身后扬起一团团红尘；宫内，妃子嫣然而笑。几个镜头貌似互不相关，却都包蕴着诗人精心安排的悬念："千门"因何而开？"一骑"为何而来？"妃子"又因何而笑？诗人故意不忙说出，直至紧张而神秘的气氛憋得读者非想知道不可时，才含蓄委婉地揭示谜底："无人知是荔枝来。""荔枝"两字，透出事情的原委。《新唐书·杨贵妃传》："妃嗜荔枝，必欲生致之，乃置骑传送，走数千里，味未变，已至京师。"明于此，那么前面的悬念顿然而释，那几个镜头便自然而然地联成一体了。

杜牧这首诗的艺术魅力就在于含蓄、精深。诗不明白说出玄宗的荒淫好色、贵妃的恃宠而骄，而形象地用"一骑红尘"与"妃子笑"构成鲜明的对比，收到了比直抒己见强烈得多的艺术效果。

"妃子笑"三字颇有深意。它使我们想到春秋时周幽王烽火戏诸侯这一历史故事。周幽王为博妃子褒姒一笑，点燃烽火，导致国破家亡。

"无人知"三字也发人深思，其实"荔枝来"并非绝无人知，至少"妃子"知，"一骑"知，还有一个诗中没有点出的皇帝更知道。这样写，意在说明此事重大紧急，外人无由得知。这就揭露了封建皇帝为讨宠妃欢心，不惜劳民伤财、无所不为的荒唐，也与前面渲染的不寻常的气氛相呼应。此诗表达了作者对穷奢极欲、权力不受制约的最高统治者荒淫误国的无比愤慨之情。

25.子夜吴歌·秋歌

【唐】 李白

长安一片月①，万户捣衣②声。

秋风吹不尽③，总是玉关④情。

何日平胡虏⑤，良人罢⑥远征。

注释：

①一片月：一片皎洁的月光。

②万户：千家万户。捣衣：把衣料放在石砧上用棒槌捶击，使衣料绵软，以便裁缝；将洗过头次的脏衣放在石板上捶击，去浑水，再清洗。

③吹不尽：吹不散。

④玉关：玉门关，故址在今甘肃省敦煌市西北，此处代指良人戍边之地。

⑤平胡虏：平定侵扰边境的敌人。

⑥良人：古时妇女对丈夫的称呼。《诗·唐风·绸缪》："今夕何夕，见此良人。"罢：结束。

译文：

> 秋月皎洁，长安城一片光明，家家户户传来捣衣声。
>
> 砧声任凭秋风吹也吹不尽，声声总是牵系玉关的亲人。
>
> 何时才能平息边境战争，夫君就可以结束漫长征途。

诗词赏析：

全诗写征夫之妻秋夜怀思远征边陲的良人，希望早日结束战争，丈夫免于离家去远征。虽未直写爱情，却字字渗透着真挚情意；虽没有高谈时局，却又不离时局。情调用意，都没有脱离边塞诗的风韵。

月色如银的京城，表面上一片平静，但捣衣声中却蕴含着千家万户的痛苦；秋风不息，也寄托着对边关亲人的思念之情。读来让人怦然心动。结句是闺妇的期待，也是征人的心声。

开篇四句情景交融，浑成自然，被王夫之誉为"天壤间生成好句"（《唐诗评选》）。秋凉之夜，月华辉洒，砧声阵阵，寒风习习，真是一幅充满秋意的绝妙图景。然而，"一切景语皆情语也"（王国维《人间词话》），前三句分写秋月、秋声和秋风，从视觉到听觉，再到触觉，都在为第四句的"情"做铺垫：月光是引发相思之情的媒介；捣衣声说明妇女们正在为戍边亲人做赶制征衣的准备（古时裁衣前必先将布帛捣平捣软），其本身就包含着深厚的关切、思念之情；而秋风则最易逗起人的情思和愁绪。

对饱经离别之苦的人来说，这三者有一于此，便难以忍受了，何况它们全都聚集在一起？更何况在月白风清的夜晚，整个长安城都响彻那令人心碎的"万户"捣衣之声！这种时刻，有谁能不为这凄凉而又热烈的气氛所感染呢？"总是玉关情"，一语作结，力抵千钧。

情而冠以"玉关"，令人联想到遥远的边塞，益觉此情之深长；句首着一"总是"，将前三句目中所见、耳中所闻和肌肤所感囊括净尽，极力突出此情充塞于天地之间，无所不在。诗写到这里，整个气氛渲染已足，作者大笔一挥："何日平胡虏，良人罢远征？"盼望战事早日结束，向往和平安定的生活，这既是诗人的愿望，也是征妇的心声。有此一笔，不仅使全诗主旨更加深刻，而且使"玉关情"愈发浓厚。

26. 不第①后赋菊

【唐】 黄巢

待到秋来九月八①，

我花开后百花杀③。

冲天香阵透长安，

满城尽带黄金甲④。

注释：

①不第：科举落第。

②九月八：九月九日为重阳节，有登高赏菊的风俗，说"九月八"是为了押韵。

③杀：草木枯萎。《吕氏春秋·应同》："及禹之时，天先见草木秋冬不杀。"

④黄金甲：指金黄色铠甲般的菊花。

作者简介：

黄巢（820—884），曹州冤句（今山东菏泽西南）人，唐末农民起义领袖。黄巢出身盐商家庭，善于骑射，粗通笔墨，少有诗才，五岁时便可对诗，但成年后却屡试不第。王仙芝起义前一年，关东发生了大旱，官吏强迫百姓缴租税，服差役，百姓走投无路，聚集黄巢周围，与唐廷官吏进行过多次武装冲突。十二月十三日，兵进长安，于含元殿即皇帝位，国号"大齐"，建元金统，大赦天下。中和四年（884年）六月十五日，黄巢败死狼虎谷。昭宗天复初年，黄巢侄子黄皓率剩余力量继续作战，在湖南为湘阴土豪邓进思伏杀，唐末农民起义结束。

译文：

等到秋天九月重阳节来临的时候，菊花盛开以后，别的花就凋零了。

盛开的菊花香气弥漫整个长安，遍地都是金黄如铠甲般的菊花。

诗词赏析：

这首诗是唐末农民起义领袖黄巢所作的咏物诗。此诗运用比喻的手法，赋予菊花以英雄风貌与高洁品格，把菊花作为广大被压迫人民的象征，以百花喻指反动腐朽的封建统治集团，形象地显示了农民起义领袖果决坚定的精神风貌。全诗辞采壮伟，设喻新颖，想象奇特，意境瑰丽，气魄雄伟。

"待到秋来九月八"，意思是重阳佳节未到，而诗人即赋诗遥庆之。"待到"二字迸发突兀，"骤响如爆竹"，具有凌厉、激越的韵致和可望在即的肯定意味。"九月八"在重阳节的前一天，从诗情奔腾的湍流来考察，诗人不写"九月九"而写"九月八"，并不仅仅是为了押韵，还透露出一种迫不及待，呼唤起义暴风雨早日来到的情绪。

"我花开后百花杀"，一方面向读者展示了一种不可抗御的自然规律，用金菊傲霜盛开与百花遇霜而凋所造成的强烈对比，显示出菊花生机益然的顽强生命力；另一方面暗示了农民起义风暴一旦来临，腐败的唐王朝立刻就会像"百花"遇霜一样，变成枯枝败叶。

第三、四句"冲天香阵透长安，满城尽带黄金甲"，则是对菊花胜利远景的预见和憧憬。第三句写味，"冲天香阵透长安"，这香，不是幽香，不是清香，而是"冲天香阵"。"冲天"二字，写出了菊花香气浓郁、直冲云天的非凡气势；"香阵"二字说明金菊胜利时决非一枝独放，而是群体皆荣，包含了朴素而深刻的天下太平观念；一个"透"字，又显示了菊花香气沁人心脾、芳贯广宇、无所不至的进取精神。

"满城尽带黄金甲"，"满城"是说菊花无处不有，遍满京都；"尽带"是说这遍满长安的菊花，无一例外地全都披上了黄金甲。身披黄金铠甲，屹立在飒飒西风之中，抗霜斗寒，傲然怒放，这形象是何等英武！何等俊伟！况且，"满"城"尽"是，如同云霞，映照着天空；如同烈火，燃遍了长安！这里所歌咏、所塑造的，不是单独某一株菊花，而是菊花的"英雄群像"。

这首诗是以菊喻志，借物抒怀，通过刻画菊花的形象、歌颂菊花的威武精神，表现了作者等待时机改天换地的英雄气魄。当农民起义的"重阳佳节"到来之日，那些封建统治阶级威风扫地，不是如同那些"百花"一样凋零了吗？当浩浩荡荡的义军开进长安之后，那身着戎装的义军战士，不是像这满城菊花一样，金灿灿辉光耀目、威凛凛豪气冲天吗？这首菊花诗是封建社会农民起义英雄的颂歌。诗虽然只有短短四句，既写了菊花的精神，也写了菊花的外形，形神兼备；既写了菊花的香气冲天，又写了菊花的金甲满城，色味俱全，形象十分鲜明。语言朴素，气魄宏伟，充满了使人振奋的鼓舞力量。

《菖蒲》 张宝松 作

27.行军九日^①思长安故园

【唐】 岑参

强^②欲登高^③去，

无人送酒来。

遥怜^④故园菊，

应傍^⑤战场开。

驿路长歌

注释：

①九日:指九月九日重阳节。

②强：勉强。

③登高：重阳节有登高赏菊饮酒以避灾祸的风俗。

④怜：可怜。

⑤傍：靠近、接近。

作者简介：

岑参（约718—约769），唐代边塞诗人，荆州江陵（现湖北江陵）人，太宗时功臣岑文本重孙，后徙居江陵。岑参早岁孤贫，从兄就读，遍览史籍。唐玄宗天宝三载（744年）进士，初为率府兵曹参军。后两次从军边塞，先在安西节度使高仙芝幕府掌书记；天宝末年，封常清为安西北庭节度使时，为其幕府判官。代宗时，曾官嘉州刺史（今四川乐山），世称"岑嘉州"。大历五年（770年）卒于成都。

岑参工诗，长于七言歌行，代表作是《白雪歌送武判官归京》。现存诗360首。对边塞风光、军旅生活，以及少数民族的文化风俗有亲切的感受，故其边塞诗尤多佳作。风格与高适相近，后人多并称"高岑"。他的诗雄健奔放，想象奇特，色彩瑰丽，以奇情异趣独树一帜，奔放热情，满怀报国之情。他的作品领域很广，涉及山水、行旅、边塞、赠答等各个方面。岑参尤其擅长边塞诗、七言歌行。他两次出塞，对边疆风物怀有深厚的感情。有《岑参集》十卷，已佚。今有《岑嘉州集》七卷（或为八卷）行世。《全唐诗》编诗四卷。

译文：

勉强地想要按照习俗去登高饮酒，可惜再没有像王弘那样的人把酒送来。

怜惜远方长安故园中的菊花，这时应正寂寞地在战场旁边盛开。

诗词赏析:

唐代以九月九日重阳节登高为题材的好诗不少,并且各有特点。岑参的这首五绝,表现的不是一般的节日思乡,而是对国事的忧虑和对战乱中人民疾苦的关切。表面看来写得平直朴素,实际构思精巧、情韵无限,是一首言简意深、耐人寻味的抒情佳作。

首句"登高"二字就紧扣题目中的"九日",点明了诗文写作的时间。劈头一个"强"字,是不愿为之而又不得不为之的心态体现,表现了诗人在战乱中的凄清景况。"登高去",还见出逢场作戏的味道,而前面冠以"强欲"二字,其含意便深刻得多了,表现出强烈的无可奈何的情绪。大家都喜欢在重阳节登高,而诗人却说勉强想去登高,透着些凄凉之意,不知这是为何。结合题目"思长安故园"来看,诗人流露出浓郁的思乡情绪。岑参是南阳人,但久居长安,故称长安为"故园"。但长安不仅是故园,更是国家的都城,而它竟被安史乱军所占领。在这种特定情境之下,诗人就很难有心思去过重阳节,去登高胜赏了。典型的环境,使诗人登高时的心情愈趋复杂:既思故园,更思帝都,既伤心,更感慨,两种感情交汇撞击着他的心房。

"遥怜故园菊"句化用陶渊明的典故。既是"登高",诗人自然联想到饮酒、赏菊。据《南史·隐逸传》记载:陶渊明有一次过重阳节,没有酒喝,就在宅边的菊花丛中独自闷坐了很久。后来正好王弘送酒来了,才醉饮而归。此句承前句而来,衔接自然,写得明白如话,虽然巧用典故,却无矫揉造作之感,使人不觉是用典,达到了前人提出的"用事"的最高要求:"用事不使人觉,若胸臆语也"(邢邵语),所以能引起读者的联想和猜测：不知造成"无人送酒来"的原因是什么。其实，这里反用其意，是说自己虽然也想勉强地按照习俗去登高饮酒，可是在战乱中，没有像王弘那样的人来送酒助兴，共度佳节。所以，"无人送酒来"句，实际上是在写旅况的凄凉萧瑟，无酒可饮，更无菊可赏，暗寓着题中"行军"的特定环境。

"遥怜故园菊"句开头一个"遥"字，是渲染自己和故园长安相隔之远，而更见思乡之切。作者写思乡，没有泛泛地笼统地写，而是特别强调思念、怜惜长安故园的菊花。这样写，不仅以个别代表一般，以"故园菊"代表整个故园长安，显得形象鲜明，具体可感；而且，这是由登高饮酒的叙写自然发展而来的，是由上述陶渊明因无酒而闷坐菊花丛中的典故引出的联想，具有重阳节的节日特色，仍贴题目中的"九日"，又点出"长安故园"，可以说是切时切地，紧扣诗题。

诗写到这里为止，还显得比较平淡，然而这样写，却是为了逼出关键的最后一句。这句承接前句，是一种想象之辞。本来，对故园菊花，可以有各种各样的想象，诗人别的不写，只是设想它"应傍战场开"，这样的想象扣住诗题中的"行军"二字，结合安史之乱和长安被陷的时代特点，写得新巧自然，真实形象，使读者仿佛看到了一幅鲜明的战乱图：长安城中战火纷飞，血染天街，断墙残壁间，一丛丛菊花依然寂寞地开放着。此处的想象之辞已经突破了单纯的惜花和思乡，而寄托着诗人对饱经战争忧患的人民的同情，对早日平定安史之乱的渴望。这一结句用的是叙述语言，朴实无华，但是寓巧于朴，余味深长，耐人咀嚼，顿使全诗的思想和艺术境界出现了一个飞跃。

28.雪

【唐】 罗隐

尽道丰年瑞^①，

丰年事若何^②。

长安有贫者，

为瑞不宜^③多。

注释：

①尽：全。道：讲，说。丰年瑞：瑞雪兆丰年。

②若何：如何，怎么样。

③宜：应该。

作者简介：

罗隐（833—910），字昭谏，新城（今浙江省富阳市新登镇）人，唐代诗人。生于公元833年（大和七年），大中十三年（859年）底至京师，应进士试，历七年不第。咸通八年（867年）乃自编其文为《谗书》，益为统治阶级所憎恶，所以罗衮赠诗说："谗书虽胜一名休。"后来又断断续续考了几年，总共考了十多次，自称"十二三年就试期"，最终还是铩羽而归，史称"十上不第"。黄巢起义后，避乱隐居九华山。光启三年（887年），55岁时归乡依吴越王钱镠，历任钱塘令、司勋郎中、给事中等职。公元909年（五代后梁开平三年）去世，享年77岁。

译文：

都说瑞雪兆丰年，丰年情况将如何？

在长安还有许多饥寒交迫的人，即使是瑞雪，也还是不宜多下。

诗词赏析：

这首诗以《雪》为题，但其立意不在吟咏雪景，而是借题发挥，表达了诗人对统治者的满腔愤怒和不满，流露出诗人对广大贫苦人民的深刻同情。

瑞雪兆丰年。辛勤劳动的农民看到飘飘瑞雪而产生丰年的联想与期望，是很自然的。但眼下是在繁华的帝都长安，这"尽道丰年瑞"的声音就颇值得深思。"尽道"二字，语含讥讽。联系下文，可以揣知"尽道丰年瑞"者是和"贫者"不同的另一世界的人们。这些安居深院华屋、身袭蒙茸皮裘的达官显宦、富商大贾，在酒酣饭饱、围炉取暖、观赏一天风雪的时候，正异口同声地大发瑞雪兆丰年的议论，他们也许还会自命是悲天悯人、关心民生疾苦的仁者呢！

正因为是此辈"尽道丰年瑞"，所以接下来是冷冷的一问："丰年事若何？"即使真的是丰年，情况又怎样呢？这是反问，没有作答，也无须作答。"尽道丰年瑞"者自己心里清楚。唐代末叶，苛重的赋税和高额的地租剥削，使农民无论丰歉都处于同样悲惨的境地。"二月卖新丝，五月粜新谷"，"六月禾未秀，官家已修仓"，"山前有熟稻，紫穗袭人香。细获又精舂，粒粒如玉珰。持之纳于官，私室无仓箱"。这些诗句对"事若何"做出了明确的回答。但在这首诗里，不道破比道破更有艺术力量。它好像当头一闷棍，打得那些"尽道丰年瑞"者哑口无言。

"长安有贫者，为瑞不宜多"两句不是顺着"丰年事若何"进一步抒感慨、发议论，而是回到开头提出的雪是否为瑞的问题上来。因为作者写这首诗的主要目的，并不是抒写对贫者虽处丰年仍不免冻馁的同情，而是向那些高谈丰年瑞者投一匕首。"长安有贫者，为瑞不宜多"好像在一旁冷冷地提醒这些人：当你们享受着山珍海味，在高楼大厦中高谈瑞雪兆丰年时，恐怕早就忘记了这帝都长安有许许多多食不果腹、衣不蔽体、露宿街头的"贫者"。他们盼不到"丰年瑞"所带来的好处，却会被你们所津津乐道的"丰年瑞"冻死。一夜风雪，明日长安街头会出现多少"冻死骨"啊！"为瑞不宜多"，仿佛轻描淡写，略作诙谐幽默之语，实际上这里面蕴含着深沉的愤怒和炽烈的感情。平缓从容的语调和犀利透骨的揭露，冷隽的讽刺和深沉的愤怒在这里被和谐地结合了起来。

雪究竟是瑞兆，还是灾难，离开一定的前提条件，是很难辩论清楚的。诗人无意进行这样一场辩论。他感到憎恶和愤慨的是，那些饱暖无忧的达官贵人们，本与贫者没有任何共同感受、共同语言，却偏偏要装出一副对丰年最关心、对贫者最关切的面孔，因而他抓住"丰年瑞"这个话题，巧妙地做了一点反面文章，扯下了那些"仁者"的假面具，让他们的尊容暴露在光天化日之下。

诗里没有直接出现画面，也没有任何形象的描绘。但读完全诗，诗人的形象却鲜明可触。这是因为，诗中那些看起来缺乏形象性的议论，不仅饱含着诗人的憎恶、蔑视、愤激之情，而且处处显示出诗人幽默诙谐、愤世嫉俗的性格。从这里可以看出，对诗歌的形象性是不宜做过分偏狭的理解的。

29. 与史郎中^①钦^②听黄鹤楼^③上吹笛

【唐】 李白

一为迁客^④去长沙^⑤，

西望长安不见家。

黄鹤楼中吹玉笛，

江城^⑥五月落梅花^⑦。

注释：

①郎中：官名，为朝廷各部所属的高级部员。

②钦：当是史郎中名。一作"饮"。王琦《李太白全集》注本谓史钦，其生平不详。

③黄鹤楼：古迹在今湖北武汉，今已在其址重建。

④迁客：被贬谪之人。

⑤去长沙：用汉代贾谊事。贾谊因受权臣谗毁，被贬为长沙王太傅，曾写《吊屈原赋》以自伤。

⑥江城：指江夏（今湖北武昌），因在长江、汉水滨，故称江城。

⑦落梅花：即《梅花落》，古代笛曲名。

译文：

被贬谪的人要远去长沙，日日西望长安方向也看不见家。

黄鹤楼上传来了一声声《梅花落》的笛声，在这五月的江城好似见到纷落的梅花。

诗词赏析：

西汉贾谊，因指责时政，受到权臣的谗毁，贬官长沙。而李白也因永王李璘事件受到牵连，被加之以"附逆"的罪名，流放夜郎。所以，诗人引贾谊为同调。"一为迁客去长沙"，就是用贾谊的不幸来比喻自身的遭遇，流露了无辜受害的愤懑，也含有他的自我辩白之意。但政治上的打击，并没有使诗人忘怀国事。在流放途中，他不禁"西望长安"，这里有对往事的回忆，有对国运的关切和对朝廷的眷恋。然而，长安万里迢迢，对迁谪之人来说十分遥远，充满了隔膜。望而不见，诗人不免感到惆怅。听到黄鹤楼上吹奏《梅花落》的笛声，他感到格外凄凉，仿佛五月的江城落满了梅花。

诗人巧借笛声来渲染愁情。王琦注引郭茂倩《乐府诗集》对此调的题解说："《梅花落》本笛中曲也。"江城五月，正当初夏，当然是没有梅花的，但由于《梅花落》笛曲吹得非常动听，使诗人仿佛看到了梅花漫天飘落的景象。梅花是寒冬开放的，景象虽美，却不免给人以凛然生寒的感觉，这正是诗人冷落心情的写照。同时使诗人联想到邹衍下狱、六月飞霜的历史传说。由乐声联想到音乐形象的表现手法，就是诗论家所说的"通感"。诗人由笛声想到梅花，由听觉诉诸视觉，通感交织，描绘出与冷落的心境相吻合的苍凉景色，从而有力地烘托了去国怀乡的悲愁情绪。所以，《唐诗直解》评此诗"无限羁情笛里吹来"，是很有见解的。清代沈德潜说："七言绝句以语近情遥、含吐不露为贵，只眼前景，口头语，而有弦外音，使人神远，太白有焉。"（《唐诗别裁》卷二十）这首七言绝句，正是以"语近情遥、含吐不露"见长，使读者从"吹玉笛""落梅花"这些眼前景、口头语，听到了诗人的弦外之音。

此外，这首诗还好在其独特的艺术结构。诗写听笛之感，却并没按闻笛生情的顺序去写，而是先有情而后闻笛。前半捕捉了"西望"的典型动作加以描写，传神地表达了怀念帝都之情和"望"而"不见"的愁苦。后半部分才点出闻笛，从笛声化出"江城五月落梅花"的苍凉景象，借景抒情，使前后情景相生，妙合无垠。

《卧游》

张宝松　作

30.长安秋望①

【唐】 杜牧

楼倚②霜树③外④，

镜天⑤无一毫⑥。

南山⑦与秋色⑧，

气势⑨两相高。

注释:

①秋望：在秋天远望。

②倚：靠着，倚立。

③霜树：指深秋时节的树。

④外：之外。指楼比"霜树"高。

⑤镜天：像镜子一样明亮、洁净的天空。

⑥无一毫：没有一丝云彩。

⑦南山：指终南山，在今陕西西安南。

⑧秋色：晴高气爽的天空。

⑨气势：气概。喻终南山有与天宇比高低的气概。

译文：

　　楼阁高耸于经霜的树林之上，登高望远，天空如明镜无纤云一毫。

　　南山在澄明的秋天竟是那样高峻，莫不是要与秋色试比气势的大小？

诗词赏析：

　　这是一曲高秋的赞歌。题为《长安秋望》，重点却并不在最后的那个"望"字，而是赞美远望中的长安秋色。"秋"的风貌才是诗人要表现的直接对象。

　　"楼倚霜树外，镜天无一毫。"这首小诗的前两句是说，楼阁倚在经霜的树林外，天空如明镜无纤云一毫。

　　首句点出望的立足点。"楼倚霜树外"的"倚"，是倚立的意思，重在强调自己所登的高楼巍然屹立的姿态；"外"是"上"的意思。秋天经霜后的树多半木叶凋落，越发显出它的高耸挺拔；而楼又高出霜树之外，在这样一个立足点上，方能纵览长安高秋景物的全局，充分领略它的高远澄洁之美。所以，这一句是全诗的出发点和基础，没有它，也就没有望中所见的一切。

　　次句写望中所见的天宇。"镜天无一毫"，是说天空明净澄洁得像一面纤尘不染的镜子，没有一丝阴翳云彩。这正是秋日天空的典型特征。这种澄洁明净到近乎虚空的天色，又进一步表现了秋空的高远寥廓，也写出了诗人当时那种心旷神怡的感受和高远澄净的心境。

"南山与秋色，气势两相高。"小诗的后两句是说，峻拔的南山与清爽的秋色，气势互不相让，两两争高。

第三句写到远望中的终南山。将它和秋色相比，说远望中的终南山那峻拔入云的气势，像是要和高原无际的秋色一赛高低。

南山是具体有形的个别事物，而"秋色"却是抽象虚泛的，是许多带有秋天景物特点的具体事物的集合和概括，二者似乎不好比拟。而这首诗却别出心裁地用南山衬托秋色。秋色是很难描写的，而且不同的作者对秋色有不同的观赏角度和感受，有的取其凄清萧瑟，有的取其明净澄洁，有的取其高远寥廓。这首诗的作者显然偏于欣赏秋色的高远无极，这从前两句的描写中可以看出。但秋天那种高远无极的气势只可意会，难以言传。在这种情况下，以实托虚便成为有效的艺术手段。具体有形的南山，衬托出抽象虚泛的秋色，读者通过"南山与秋色，气势两相高"的诗句，不但具体感受到"秋色"之高，而且连它的气势、精神和性格也若有所悟了。

这首诗的好处，还在于它在写出长安高秋景色的同时，写出了诗人的精神性格。它更接近于写意画。高远、寥廓、明净的秋色，实际上也正是诗人胸怀的象征与外化。特别是诗的末句，赋予南山与秋色一种峻拔向上的动态。这就更鲜明地表示出诗人的性格气质，也使全诗在跃动的气势中结束，留下了充分想象的余地。

31.长安春

【唐】 白居易

青门柳^①枝软无力，

东风吹作黄金色^②。

街东酒薄^③醉易醒，

满眼春愁销不得。

注释：

①青门柳：长安城东南门外有灞桥，汉人送客至此桥，折柳赠别。这里泛指京城东门的柳树。

②黄金色：指枝叶的衰黄颜色。

③街东酒薄：指东街所卖的酒，其酒力太小。

作者简介：

白居易（772—846），字乐天，号香山居士，又号醉吟先生，祖籍太原，到其曾祖父时迁居下邽，生于河南新郑。唐代伟大的现实主义诗人，唐代三大诗人之一。白居易与元稹共同倡导新乐府运动，世称"元白"，与刘禹锡并称"刘白"。白居易的诗歌题材广泛，形式多样，语言平易通俗，有"诗魔"和"诗王"之称。官至翰林学士、左赞善大夫。公元846年，白居易在洛阳逝世，葬于香山。有《白氏长庆集》传世，代表诗作有《长恨歌》《卖炭翁》《琵琶行》等。

译文：

门外的杨柳无力地下垂着，春风把柳枝吹成了金黄色。

东街的酒力太小，醉了很容易就会醒来，满腹愁苦还是消不了。

创作背景：

《长安春》是唐代著名诗人白居易所作，时值作者心境不佳，看到春天金黄色的柳枝软弱无力，想借酒浇愁，也办不到，本想长醉，可很快就又醒了，不能远离愁苦的折磨。表现了诗人凄凉愁苦、满腹郁闷的心境。

《禅悟图》　张宝松　作

32.过燕支寄杜位①

【唐】 岑参

燕支山西酒泉②道，

北风吹沙卷白草③。

长安遥在日光边，

忆君不见令人老。

注释：

①燕支：山名，又名焉支山，在今甘肃省丹东。杜位：杜甫的堂弟，
李林甫的女婿，曾任考功郎中、湖州刺史。

②酒泉：郡名，即肃州，今甘肃酒泉。

③白草：边塞所长之牧草。

译文：

燕支山西面的酒泉道上，北风刮起狂沙，卷起白草。

长安城在那遥远的日光边，我怀念你却无法相见，这种相思令我衰老。

诗词赏析：

此诗前两句"燕支山西酒泉道，北风吹沙卷白草"，极言塞外荒凉、酷虐的环境，极富塞外色彩，"燕支""酒泉"，以西域的地名入诗，一望而知是北地边陲一带；"北风""沙""白草"，以特殊地域的自然景物入诗，给全诗罩上了一层沙海气息；"吹""卷"，以独有的狂虐气势入诗，更给全诗灌注了一股粗犷的沙漠的血液。后两句"长安遥在日光边，忆君不见令人老"，直抒胸臆，表达诗人深切的思念之情。以"长安"与"日光"相比，暗用了晋明帝的典故。据《初学记》卷一引刘劭《幼童传》记载：明皇帝讳绍，字道畿，元皇帝长子也。幼而聪哲，为元帝所宠异。年数岁，尝坐置膝前，属长安使来，因问帝曰："汝谓日与长安孰远？"对曰："长安近。不闻人从日边来，只闻人从长安来，居然可知也。"元帝异之。明日，宴群僚，又问之。对曰："日近。"元帝失色，问何以异昨日之言。对曰："举头不见长安，只见日，是以知近。"帝大悦。结句还可从《古诗十九首·行行重行行》"思君令人老，岁月忽已晚"中找到影子。如此用典无碍表达，更增诗句的人文气息。

全诗表达的感情虽极为普通，但表达方式却独具特色。以自己所处环境开篇，有一种向友人描述自己生活状况的意思，

驿路长歌

同时又意指自己在这苍凉、萧索的环境中，十分孤独，因而更加怀念友人，怀念那共处的美好时光；随即的直抒胸臆即是印证了这一意境。抒情中又有对典故的运用，且不着痕迹，浑然天成，更见诗人笔力之深厚。

33.长安春望

【唐】 卢纶

东风①吹雨过青山，却望千门草色②闲。

家在梦中何日到，春来③江上几人还。

川原④缭绕浮云外，宫阙参差落照间。

谁念为儒逢世难⑤，独将衰鬓客秦关⑥。

注释：

① "东风"句：语从陶渊明《读山海经》"微雨从东来，好风与之俱"化出。

②草色：一作"柳色"。

③春来：一作"春归"，一作"春生"。

④川原：即郊外的河流原野，这里指家乡。

⑤逢世难：一作"多失意"，意即遭逢乱世。

⑥秦关：秦地关中，即长安所在地。

作者简介：

卢纶（739—799），字允言，河中蒲州（今山西省永济县）人。唐代诗人，大历十才子之一。唐玄宗天宝末年举进士，遇乱不第；唐代宗朝又应举，屡试不第。大历六年（771年），经宰相元载举荐，授阌乡尉；后由宰相王缙荐为集贤学士，秘书省校书郎，升监察御史。出为陕州户曹、河南密县令。之后，元载、王缙获罪，遭到牵连。唐德宗朝，复为昭应县令，出任河中元帅浑瑊府判官，官至检校户部郎中。不久去世。著有《卢户部诗集》。

译文：

东风吹着那细细春雨洒过青山，回望长安城中房舍叠嶂，草色闲闲。

故园就在梦中，可是何时才能归还？那春天的江面上来来往往的人，有几个是回去的呢？

极目远望，家乡在浮云之外，长安城中，宫阙参差错落，笼罩在一片残阳之中。

又有谁理解我这个读书人，生逢乱世，孤身一人，满头白发，形容憔悴，漂泊流荡在荒远的秦关。

诗词赏析：

此诗首联"东风吹雨过青山，却望千门草色闲"。开篇紧扣题目，写在长安"春望"。"东风"句，侧重写望中所见。卢纶是河中蒲州（今山西省永济县）人，家乡刚好位于长安的东面，说"东风吹雨"，是说东风从家乡吹来，自然引出思乡之情。

"草色闲"的"闲"字用得巧，春草之闲正好与人心之愁形成强烈对比，给人以深刻的印象。首联是登高而望，在景语之中，流露出复杂感情。

颔联正面抒发思乡望归之情。"家在梦中何日到，春来江上几人还？"这两句为全诗的警句，是春望时所产生的联想。出句是恨自己不能回去，家乡只能在梦中出现；对句是妒他人得归，恨自己难返，语中有不尽羡慕之意。"大历十才子"擅长描写细微的心理情态。

34.凉州词①二首·其二

【唐】 王翰

秦中②花鸟已应阑③，

塞外风沙犹自寒。

夜听胡笳④折杨柳⑤，

教人意气⑥忆长安⑦。

注释：

①凉州词：唐乐府名，属《近代曲辞》，是《凉州曲》的唱词，盛唐时流行的一种曲调名。王翰写有《凉州词》两首，慷慨悲壮，广为流传。而这首《凉州词》被明代王世贞推为唐代七绝的压卷之作。

②秦中：指今陕西中部平原地区。

③阑：尽。

④胡笳：古代流行于塞北和西域的一种类似笛子的乐器，其声悲凉。

⑤折杨柳：乐府曲辞，属《横吹曲》，多描写伤春和别离之意。

⑥意气：情意。一作"气尽"。

⑦长安：这里代指故乡。

作者简介：

王翰（687—726），字子羽，并州晋阳（今山西省太原市）人，唐代边塞诗人，与王昌龄同时期。王翰这样一个有才气的诗人，其集不传。其诗载于《全唐诗》的，仅有14首。登进士第，举直言极谏，调昌乐尉。复举超拔群类，召为秘书正字。擢通事舍人、驾部员外。出为汝州长史，改仙州别驾。

王翰的诗词有《凉州词·葡萄美酒夜光杯》《凉州词·秦中花鸟已应阑》《饮马长城窟行·长安少年无远图》《春日归思》《古蛾眉怨》《春女行·紫台穹跨连绿波》《子夜春歌·春气满林香》《观蛮童为伎之作》等。

译文：

关内此时应该已是暮春时节，可是塞外仍然是大风凛冽、尘沙漫天，冷酷严寒。夜晚听着凄凉的胡笳曲《折杨柳》，让人的思乡之情更加浓厚。

诗词赏析：

这是一首边塞诗，写边关将士夜闻笳声而触动思乡之情。万里别家，多年不归，有时不免思乡，无论是见景还是听声，都容易勾起悠悠的乡思。

"秦中花鸟已应阑，塞外风沙犹自寒"写战士们在边关忍受苦寒，恨春风不度，转而思念起故乡明媚、灿烂的春色、春光来。

"夜听胡笳折杨柳，教人意气忆长安"极力渲染出一种思乡的氛围：寒冷的夜晚万籁俱寂，而笳声的响起更让人辗转反侧、难以入眠，且悲凉的笛声吹奏的偏又是让人伤怀别离的《折杨柳》，悠悠的笛声在夜空中回荡，教战士们的思乡之意更加浓厚。

　　这首诗抓住了边塞风光景物的一些特点，借其严寒春迟及胡笛声声来写战士们的心理活动，反映了边关将士的生活状况。诗风苍凉悲壮，但并不低沉，以侠骨柔情为壮士之声，这仍然是盛唐气象的回响。

《广陵散》　　　　　　　　　　　　　张宝松　作

35.月夜

【唐】 杜甫

今夜鄜州①月，闺中只独看②。

遥怜③小儿女，未解忆④长安。

香雾⑤云鬟⑥湿，清辉玉臂寒。

何时倚虚幌⑦，双照泪痕⑧干。

注释：

①鄜（fū）州：今陕西省富县。当时杜甫的家属在鄜州的羌村，杜甫在长安。

②闺中：内室。看，读平声kān。

③怜：想。

④未解：尚不懂得。忆：想念。

⑤香雾：雾本来没有香气，因为香气从涂有膏沐的云鬟中散发出来，所以说"香雾"。望月已久，雾深露重，故云鬟沾湿，玉臂生寒。

⑥云鬟：指高耸的环形发髻。

⑦虚幌：透明的窗帷。幌：帷幔。

⑧双照：与上面的"独看"对应，表示对未来团聚的期望。泪痕：眼泪、泪水流过的痕迹。

译文：

今夜，在鄜州的上空有一轮皎洁的明月，我在这里看明月，妻子则一定在闺房中独自望月。幼小的儿女还不懂得思念远在长安的父亲。香雾沾湿了妻子的秀发，清冷的月光辉映着她雪白的双臂。什么时候才能和她一起倚着窗帷，仰望明月，让月光照干我们彼此的泪痕呢？

诗词赏析：

这首诗借看月而抒离情，但抒发的不是一般情况下的夫妇离别之情。字里行间，表现出时代的特征，离乱之痛和内心之忧熔于一炉，对月惆怅，忧叹愁思，而寄希望于不知"何时"的未来。

"遥怜小儿女，未解忆长安。"颔联是说，可怜幼小的儿女，怎懂思念的心酸。

妻子看月，并不是欣赏自然风光，而是"忆长安"，但小儿女未谙世事，还不懂得"忆长安"啊！用小儿女的"不解忆"反衬妻子的"忆"，突出了首联那个"独"字，又进一层。

在前四句中，"怜"字和"忆"字，都不宜轻易滑过。而这，又应该和"今夜""独看"联系起来，加以品味。明月当空，月月都能看到。特指今夜的"独看"，则心目中自然有往日的"同看"和未来的"同看"。未来的"同看"，留待结句点明。往日的"同看"，则暗含于一、二联之中，分明透露出他和妻子有过同看鄜州月而共忆长安的往事。安史之乱以前，作者困处长安达十年之久，其中有一段时间，是与妻子在长安度过的。和妻子一同忍饥受寒，也一同观赏长安的明月，这自然就留下了深刻的记忆。当长安沦陷，一家人逃难到羌村的时候，与妻子同看鄜州之月、共忆长安的往事，已经不胜其辛酸！如今自己深陷乱军之中，妻子独看鄜州之月而忆长安，那"忆"就不仅充满辛酸，而且交织着忧虑和惊恐。这个"忆"字，是含义深广、耐人寻思的。往日与妻子同看鄜州之月而忆长安，虽然百感交集，但尚有妻子为自己分忧；如今呢，妻子独看鄜州之月而忆长安，"遥怜"小儿女们天真幼稚，只能增加她的负担，哪能为她分忧啊！这个"怜"字，也是饱含深情、感人肺腑的。

"香雾云鬟湿，清辉玉臂寒。"颈联是说，蒙蒙雾气，也许沾湿了妻子的鬟发；冷冷月光，该是映寒了妻子的玉臂。

第三联通过妻子独自看月的形象描写，进一步表现"忆长安"。雾湿云鬟，月寒玉臂。望月愈久而忆念愈深，这完全是作者想象中的情景。当想到妻子忧心忡忡、夜深不寐的时候，自己也不免伤心落泪。两地看月而各有泪痕，这就激起了作者结束这种痛苦生活的希望，于是以表现希望的诗句作结："何时倚虚幌，双照泪痕干？""双照"而泪痕始干，则"独看"而泪痕不干，也就意在言外了。

题为"月夜"，字字都从月色中照出，而以"独看""双照"为一诗之眼。"独看"是现实，却从对面着想，只写妻子"独看"鄜州之月而"忆长安"，但自己的"独看"长安之月而忆鄜州已包含其中。"双照"兼包回忆与希望：感伤"今夜"的"独看"，回忆往日的同看，而把并倚"虚幌"（薄帷）、对月抒愁的希望寄托于不知"何时"的未来。采用这种从对方设想的方式，妙在从对方那里生发出自己的感情。这种方法尤被后人当作法度。全诗诗旨婉切，章法紧密，明白如话，感情真挚，没有被律诗束缚的痕迹。

36.春望

【唐】 杜甫

国①破②山河在③，城④春草木深⑤。

感时⑥花溅泪⑦，恨别⑧鸟惊心。

烽火⑨连三月⑩，家书抵万金。

白头搔更短，浑欲⑪不胜簪⑫。

注释：

①国：国都，指长安（今陕西西安）。

②破：陷落。

③山河在：旧日的山河仍然存在。

④城：长安城。

⑤草木深：指人烟稀少。

⑥感时：为国家的时局而感伤。

⑦溅泪：流泪。

⑧恨别：怅恨离别。

⑨烽火：古时边防报警的烟火，这里指安史之乱的战火。

⑩三月：正月、二月、三月。

⑪浑：简直。欲：想，要，就要。

⑫胜：经受，承受。簪：一种束发的首饰。古代男子蓄长发，成年后束发于头顶，用簪子横插住，以免散开。

译文：

国都遭侵但山河依旧，长安城里的杂草和树木茂盛地疯长。感于战败的时局，看到花开而潸然泪下；内心惆怅怨恨，听到鸟鸣而心惊胆战。连绵的战火已经延续了一个春天，家书难得，一封抵得上万两黄金。愁绪缠绕，搔头思考，白发越搔越短，简直不能插簪了。

创作背景：

这是杜甫于"安史之乱"期间在长安所作的一首诗。"安"，指安禄山；"史"指史思明。唐肃宗至德元年（756年）八月，杜甫从鄜（fū）州（现在陕西富县）前往灵武（现在属宁夏）投奔肃宗，途中为叛军所俘，后困居长安。该诗作于次年三月。全篇忧国、伤时、念家、悲己，显示了诗人一贯心系天下、忧国忧民的博大胸怀。这正是本诗沉郁悲壮、动慨千古的内在原因。

安禄山起兵反唐，由于唐玄宗宠妃杨贵妃的哥哥杨国忠误导唐玄宗，把守潼关的哥舒翰派到关外攻打叛军大本营，中途哥舒翰被俘，安禄山没有了劲敌，一下子就攻下长安。唐玄宗带领妃妾皇子，与大臣们逃往灵武。玄宗退位，太子李亨在灵武称帝。

这是一首五言律诗，作于唐肃宗至德二年（757年）。当时长安被安史叛军焚掠一空，满目凄凉。杜甫眼见山河依旧而国破家亡，春回大地却满城荒凉，在此身历逆境。

《成山头》

张宝松　作

37.忆江上吴处士①

【唐】 贾岛

闽国②扬帆去，蟾蜍亏复圆③。

秋风生渭水④，落叶满长安。

此地⑤聚会夕，当时雷雨寒。

兰桡殊⑥未返，消息海云端⑦。

注释：

①士：指隐居林泉不入仕的人。

②闽国：指今福建省一带地方。

③蟾蜍（chán chú）：即癞蛤蟆。神话传说中月里有蟾蜍，所以这里用它指代月亮。亏复圆：指月亮缺了又圆。一作"亏复团"。亏：一作"还"。

④渭水：渭河，发源于甘肃省渭耗县，横贯陕西，东至潼关入黄河。生：一作"吹"。

⑤此地：指渭水边分别之地。

⑥兰桡（ráo）：以木兰树做的船桨，这里代指船。殊：犹。

⑦海云端：海云边。因闽地临海，故言。

作者简介:

贾岛（779—843），唐代诗人，字阆仙，一作浪仙，范阳（今河北涿县）人。初落拓为僧，名无本，后还俗，屡举进士不第。曾任长江（今四川蓬溪）主簿，人称贾长江。其诗喜写荒凉枯寂之境，颇多寒苦之辞。以五律见长，注意词句锤炼，刻苦求工。与孟郊齐名，有"郊寒岛瘦"之称。有《长江集》。

译文:

自从你扬帆远航到福建，已经是几度月缺又月圆。
分别时秋风吹拂着渭水，落叶飘飞积满都城长安。
记得在送别宴会的夜晚，雷雨交加天气让人生寒。
你乘坐的船还没有返回，你的消息还远在海云边。

诗词赏析:

贾岛这首《忆江上吴处士》诗载于《全唐诗》卷五七二。此诗"秋风生（吹）渭水，落叶满长安"一联，是贾岛的名句，为后代不少名家引用。如宋代周邦彦《齐天乐》词中的"渭水西风，长安乱叶，空忆诗情宛转"，元代白朴《梧桐雨》杂剧中的"伤心故园，西风渭水，落日长安"，都是化用这两句名句而成的，可见其流传之广，影响之深。

此诗开头说，朋友坐着船前去福建，很长时间了，却不见他的消息。

接着说自己居住的长安已是深秋时节。强劲的秋风从渭水那边吹来，长安落叶遍地，显出一派萧瑟的景象。特意提到渭

驿路长歌

水，是因为渭水就在长安郊外，是送客出发的地方。当日送朋友时，渭水还未有秋风；此时渭水吹着秋风，自然想起分别多时的朋友了。

此刻，诗人忆起和朋友在长安聚会的一段往事："此地聚会夕，当时雷雨寒"——他那回在长安和这位姓吴的朋友聚首谈心，一直谈到很晚。外面忽然下了大雨，雷电交加，震耳炫目，使人感到一阵寒意。这情景还历历在目，一转眼就已是落叶满长安的深秋了。

结尾是一片忆念想望之情。"兰桡殊未返，消息海云端。"由于朋友坐的船还没见回来，自己也无从知道他的消息，只好遥望远天尽处的海云，希望从那儿得到吴处士的一些消息。

这首诗中间四句言情谋篇都有特色。在感情上，既说出诗人在秋风中怀念朋友的凄冷心情，又忆念两人往昔过从之好；在章法上，既向上挽住了"蟾蜍亏复圆"，又向下引出了"兰桡殊未返"。其中，"渭水""长安"两句，是此日长安之秋，是此际诗人之情；又在地域上映衬出"闽国"离长安之远（回应开头），以及"海云端"获得消息之不易（暗藏结尾）。细针密缕，处处见出诗人行文构思的缜密严谨。"秋风"二句先叙述离别处的景象，接着"此地"二句逆挽一笔，再倒叙昔日相会之乐，行文曲折，而且笔势也能提挈全诗。全诗把题目中的"忆"字反复勾勒，笔墨厚重饱满，是一首生动自然而又流畅的抒情佳品。

38.登金陵凤凰台①

【唐】 李白

凤凰台上凤凰游，凤去台空江②自流。

吴宫③花草埋幽径，晋代衣冠成古丘④。

三山半落青天外⑤，二水中分白鹭洲⑥。

注释：

①凤凰台：在金陵凤凰山上。

②江：长江。

③吴宫：三国时孙吴曾于金陵建都筑宫。

④晋代：指东晋，南渡后也建都于金陵。衣冠：指的是东晋文学家郭璞的衣冠冢，现今仍在南京玄武湖公园内。一说指当时的豪门世族。衣冠，士大夫的穿戴，借指士大夫、官绅。成古丘：晋明帝当年为郭璞修建的衣冠冢豪华一时，然而到了唐朝诗人来看的时候，已经成为一个丘壑了。现今这里被称为郭璞墩，位于南京玄武湖公园内。

⑤三山：山名。今三山街为其旧址，明初朱元璋筑城时，将城南的三座无名小山也围在了城中。这三座山正好挡住了从城北通向南门——聚宝门的去路。恰逢当时正在城东燕雀湖修筑宫城，于是将这三座山填进了燕雀湖。三山挖平后，在山基修了一条街道，取名为三山街。半落青天外：形容极远，看不大清楚。

⑥二水：一作“一水”。指秦淮河流经南京后，西入长江，被横截其间的白鹭洲分为二支。白鹭洲：古代长江中的沙洲，洲上多集白鹭，故名。今已与陆地相连，位于今南京市江东门外。

总为浮云能蔽日⑦，长安⑧不见使人愁。

注释：

⑦浮云蔽日：比喻谗臣当道，障蔽贤良。浮云：比喻奸邪小人。日：一语双关，因为古代把太阳看作是帝王的象征。

⑧长安：这里用京城指代朝廷和皇帝。

译文：

凤凰台上曾经有凤凰来悠游，凤去台空，只有江水依旧奔流。

吴国宫殿的鲜花芳草遮没荒凉小径，晋代多少王族已成荒冢古丘。

三山云雾中隐现如落青天外，江水被白鹭洲分成两条河流。

那些悠悠浮云总是遮蔽太阳的光辉，登高不见长安城，怎么不让人内心沉痛忧郁。

诗词赏析：

《登金陵凤凰台》是唐代律诗中脍炙人口的杰作。

"凤凰台上凤凰游，凤去台空江自流。"开头两句写凤凰台的传说，十四字中连用了三个凤字，却不嫌重复，音节流转明快，极其优美。凤凰台故址在今南京市凤凰山。相传，南朝刘宋元嘉年间有凤凰集于此山，乃筑台，山和台也由此得名。凤凰是一种祥瑞。当年凤凰来游象征着王朝的兴盛；如今凤去台空，六朝的繁华也一去不复返了，只有长江的水仍然不停地流着，大自然才是永恒的存在！

"吴宫花草埋幽径，晋代衣冠成古丘。"由眼前之景进一步生发，联想到六朝的繁华。三国时期的吴以及后来的东晋，南朝的宋、齐、梁、陈，先后在金陵定都，故金陵有"六朝古都"之称。六朝时期，金陵达到空前的繁荣，成为世界上最大的、人口超过百万的城市。绵长的秦淮河横贯城内，两岸汇聚六朝的经济中心和文化中心以及市民的居住中心，其繁华可见一斑。可是，六朝虽繁荣，却也短命，每个王朝的寿命平均约55年，轮转之速，令人恍惚。如今看来，吴国曾经繁华的宫廷已经荒芜，东晋时代的风流人物早已作古，六朝的繁华也如凤凰台一样消失在历史的浪涛中。

"三山半落青天外，二水中分白鹭洲。"两句由抒情转为写景。诗人并没有一直沉浸在对历史的凭吊之中，而抽出思绪将目光投向了眼前的河山。"三山半落青天外，二水中分白鹭洲"，三峰并列，矗立在缥缈的云雾之中，若隐若现，好似落在了青天之外;秦淮河西入长江，被白鹭洲横截，江水一分为二，形成两条河流。此二句气象壮丽，境界阔大，为末联"不见长安"做铺垫。

"总为浮云能蔽日，长安不见使人愁。"这两句诗寄寓着深意。长安是朝廷的所在，日是帝王的象征。李白这两句诗暗示皇帝被奸邪包围，而自己报国无门，他的心情是十分沉痛的。

《菊酒昌盛》

张宝松　作

39. 送魏万①之京

【唐】 李颀

朝闻游子②唱离歌③，昨夜微霜④初渡河⑤。

鸿雁不堪愁里听，云山况是客中⑥过。

关城⑦树色⑧催寒近⑨，御苑⑩砧声⑪向晚多⑫。

莫见长安行乐处，空令岁月易蹉跎⑬。

注释：

①魏万：唐肃宗上元元年进士（760年）。尝居王屋山，号王屋山人，后改名魏颢，是盛唐诗人李颀的晚辈朋友。

②游子：指魏万。

③离歌：离别的歌。

④微霜：薄霜，指秋意已深。

⑤初渡河：刚刚渡过黄河。魏万家住王屋山，在黄河北岸，去长安必须渡河。

⑥客中：即作客途中。

⑦关城：指潼关城。

⑧树色：一作"曙色"，黎明前的天色。

⑨催寒近：寒气越来越重，一路上天气愈来愈冷。

⑩御苑：皇家花苑，代指长安。

⑪砧声：捣衣声。

⑫向晚多：愈接近傍晚愈多。

⑬蹉跎：此指虚度年华。

作者简介：

李颀（690—751），汉族，东川（今四川三台）人（有争议），唐代诗人。少年时曾寓居河南登封。开元十三年（725年）进士，做过新乡县尉的小官。诗以写边塞题材为主，风格豪放，慷慨悲凉，七言歌行尤具特色。

译文：

清晨听到游子高唱离别之歌，昨夜薄霜刚刚渡过黄河。

怀愁之人实在不忍听那鸿雁哀鸣，何况是那与故乡遥隔千山万水、身在旅途的异乡客。

潼关晨曦寒气越来越重，天气愈来愈冷，京城深秋捣衣声愈接近傍晚愈多。

请不要以为长安是行乐所在，以免白白地把宝贵时光消磨。

诗词赏析：

这是一首送别诗，被送者为诗人晚辈。此诗意在抒发别离的情绪。首联用倒戟法落笔，点出出发前，微霜初落，深秋萧瑟；颔联写离秋，写游子面对云山，黯然伤神；颈联介绍长安秋色，暗寓此地不可长留；末联以长者风度嘱咐魏万，长安虽乐，不要虚掷光阴，要抓紧成就一番事业。诗人把叙事、写景、抒情融合在一起，以自己的心情来设想、体会友人跋涉的艰辛，表现了诗人与友人之间深切的友情，抒发了诗人的感慨，并及时对友人进行劝勉。全诗自然真切，情深意长，遣词炼句尤为后人所称道。

驿路长歌

首联"朝闻游子唱离歌",先说魏万的走,后用"昨夜微霜初渡河",点出前一夜的景象,用倒戟而入的笔法,极为得势。"初渡河",把霜拟人化了,写出深秋时节萧瑟的气氛。

"鸿雁不堪愁里听",紧接第二句,渲染氛围。"云山况是客中过",接写正题,照应第三句。大雁,秋天南去,春天北归,飘零不定,有似旅人。它那嘹唳的雁声,从天末飘来,使人觉得怅惘凄切。而抱有满腹惆怅的人,当然就更难忍受了。云山,一般是令人向往的风景,而对于落寞失意的人,坐对云山,便会感到前路茫茫,黯然神伤。他乡游子,于此为甚。这是李颀以自己的心情来体会对方。"不堪""况是"两个虚词前后呼应,往复顿挫,情切而意深。

"关城树色催寒近,御苑砧声向晚多。"诗人对远行客做了充满情意的推想。从洛阳西去要经过古函谷关和潼关,凉秋九月,草木摇落,一片萧瑟,标志着寒天的到来。本来是寒气使树变色,但寒不可见而树色可见,好像树色带来寒气,见树色而知寒近,是树色把寒催来的。一个"催"字,把平常景物写得有情有感,十分生动。傍晚砧声之多,为长安特有,"长安一片月,万户捣衣声"。然而诗人不用城关雄伟、御苑清华这样的景色来介绍长安,却只突出了"御苑砧声",发人深想。魏万前此,大概没有到过长安,而李颀已多次到过京师,在那里曾"倾财破产",历经辛酸。两句推想中,诗人平生感慨,尽在不言之中。"催寒近""向晚多"六个字相对,暗含着岁月不待、年华易老之意,顺势引出了结尾两句。

"莫见长安行乐处,空令岁月易蹉跎",纯然是长者的语气,予魏万以亲切的嘱咐。这里用"行乐处"三字虚写长安,与上两句中的"御苑砧声"相应，一虚一实，恰恰表明了诗人的旨意。他谆谆告诫魏万：长安虽是"行乐处"，但不是一般人可以享受的。不要把宝贵的时光轻易地消磨掉，要抓紧时机成就一番事业。可谓语重心长。

这首诗以长于炼句而为后人所称道。诗人把叙事、写景、抒情交织在一起。如次联两句用了倒装手法，加强、加深了描写。先出"鸿雁""云山"——感官接触到的物象，然后写"愁里听""客中过"，这就由景生情，合于认识规律，容易唤起人们的共鸣。同样，第三联的"关城树色"和"御苑砧声"，虽是记忆中的形象，但联系气候、时刻等环境条件，有声有色，非常自然。而"催"字、"向"字，更见推敲之功。

40. 塞下曲

【唐】 许浑

夜战桑乾①北，

秦兵半不归②。

朝来有乡信③，

犹自④寄寒衣⑤。

注释：

①桑乾（gān）北：桑乾河北岸。桑乾河，永定河的上游，发源于山西，流经华北平原。

②秦兵：唐都在关中，是秦朝旧地，所以称唐军为"秦兵"。半不归：一半回不来，指战死。

③乡信：家乡来信。

④犹自：仍然。

⑤寒衣：御寒的衣服。

作者简介：

许浑（约791—约858），字用晦（一作"仲晦"），唐代诗人，润州丹阳（今江苏丹阳）人。晚唐最具影响力的诗人之一，其一生不作古诗，专攻律体；题材以怀古、田园诗为佳，艺术则以偶对整密、诗律纯熟为特色。唯诗中多描写水、雨之景，后人拟之与诗圣杜甫齐名，并以"许浑千首诗，杜甫一生愁"评价之。成年后移家京口（今江苏镇江）丁卯涧，以丁卯名其诗集，后人因称"许丁卯"。许诗误入杜牧集者甚多。代表作有《咸阳城东楼》。

译文：

桑乾河北边一场夜战，秦兵伤亡过半，再也不能把家还。

次日早晨收到他们家乡寄来的书信，信中说御寒的衣服已寄出。

诗词赏析：

在这首诗中，诗人连用四个典故，以凝练、生动的笔调，表现了唐军将士精忠报国、视死如归的豪情壮志。诗歌一、二句运用了汉代名将伏波将军马援和定远侯班超的典故；第三句运用了战国时代，晋国大败秦国，使其全军覆没的典故；第四句运用了唐代著名将领薛仁贵三箭定天山的典故。

头两句夸赞东汉名将马援和班超。"伏波惟愿裹尸还"，这句说的是马援的故事。东汉马援屡立战功，被封为伏波将军。他曾经说：男儿当战死在边疆，以马革裹尸还葬。"定远何须生入关"，这句说的是班超的故事。东汉班超投笔从戎，平定西域一些少数民族贵族统治者的叛乱，封定远侯，居西域三十一年，后因年老，上书皇帝，请求调回，有"但愿生入玉门关"句。

以上两句说：为保家卫国，边塞将士应长期驻守边疆，宁愿战死疆场，无须活着回到玉门关。

后两句表达了诗人灭敌及长期卫边的决心。"莫遣只轮归海窟"句，"只轮"，一只车轮。《春秋公羊传》："僖公三十三年，夏四月，晋人及姜戎败秦于殽……晋人与羌戎要之殽而击之，匹马只轮无反（返）者。""海窟"，本指海中动物聚居的洞穴，这里借指当时敌人所居住的瀚海（沙漠）地方。这句的意思是说，不能让一个敌人逃跑。"仍留一箭定天山"说的是唐初薛仁贵西征突厥的故事。《旧唐书·薛仁贵传》记载：唐高宗时，薛仁贵领兵在天山迎击九姓突厥十余万军队，发三矢射杀了他们军队中的三人，使其余军士皆下马请降。薛仁贵率兵乘胜前进，凯旋时，军中歌唱道："将军三箭定天山，战士长歌入汉关。"

以上两句意思是说：要全歼敌人，不能让一个敌人逃跑，而且应该留驻边疆，使敌人不敢再来侵犯。

这首诗通过东汉马援、班超和唐初薛仁贵三位名将的故事，讴歌了将士们激昂慷慨、视死如归、坚决消灭来犯之敌的英雄气概和勇于牺牲的精神，反映了当时人民要安边定远的心愿。全诗情调激昂，音节嘹亮，是一首激励人们舍身报国的豪迈诗篇。

《碧波芒园》　　　　　　　　　　　　　　张宝松　作

41.凉州词①

【唐】 王之涣

黄河远上②白云间，

一片孤城③万仞④山。

羌笛⑤何须怨⑥杨柳⑦，

春风不度⑧玉门关⑨。

注释：

①凉州词：又名《出塞》。为当时流行的一首曲子（《凉州词》）配的唱词。凉州，唐陇右道凉州治所在姑臧县（今甘肃省武威市凉州区）。

②远上：远远向西望去。"远"一作"直"。黄河远上：远望黄河的源头。

③孤城：指孤零零的戍边的城堡。

④仞：古代的长度单位，一仞相当于周尺八尺或七尺。周尺一尺约合23厘米。

⑤羌笛：古羌族主要分布在甘、青、川一带。羌笛是羌族乐器，属横吹式管乐。

⑥何须：何必。何须怨：何必埋怨。

⑦杨柳：指的是《杨柳曲》。古诗文中常以杨柳喻送别情事。

⑧度：吹到过。不度：吹不到。

⑨玉门关：汉武帝置，因西域输入玉石取道于此而得名。故址在今甘肃敦煌西北小方盘城，是古代通往西域的要道。六朝时，关址东移至今安西双塔堡附近。

作者简介：

王之涣（688—742），盛唐时期的著名诗人，字季凌，汉族，绛州（今山西省新绛县）人。豪放不羁，常击剑悲歌，其诗多被当时乐工制曲歌唱，名动一时。他常与高适、王昌龄等相唱和，诗以善于描写边塞风光著称。其代表作有《登鹳雀楼》《凉州词》等。"白日依山尽，黄河入海流。欲穷千里目，更上一层楼"，更是千古绝唱。

译文：

黄河好像从白云间奔流而来，玉门关孤独地耸峙在高山中。

何必用羌笛吹起那哀怨的《杨柳曲》去埋怨春光迟迟不来呢，原来玉门关一带春风是吹不到的啊！

创作背景：

根据王之涣墓志铭可知，公元726年（唐玄宗开元十四年），王之涣辞官，过了15年的自由生活。《凉州词二首》当作于其辞官居家的15年期间，即公元727年（开元十五年）至741年（二十九年）。

42.出塞

【唐】 王昌龄

秦时明月汉时关，

万里长征人未还。

但使^①龙城飞将^②在，

不教^③胡马^④度^⑤阴山^⑥。

注释：

①但使：只要。

②龙城飞将：指汉朝飞将军李广。一称卫青。李广（？—前119），汉族、甘肃天水人，中国西汉时期的名将，被匈奴称为"飞将军"。龙城：甘肃省天水市的别称，称天水为"龙城"是因它是"人首龙身"的人类始祖伏羲出世之地。《汉书·地理志》也载，天水郡有成纪县，因而天水素有"羲皇故里"之称。李广是天水人，故被称为"龙城飞将"。

③不教：不叫，不让。教：让。

④胡马：指侵扰内地的外族骑兵。

⑤度：越过。

⑥阴山：昆仑山的北支，起自河套西北，横贯绥远、察哈尔及热河北部，是中国北方的屏障。

译文：

秦汉以来，明月就是这样照耀着边塞，但是离家万里的士卒却没能回还。

如果有像李广这样骁勇善战的将军立马阵前，一定不会让敌人的铁蹄踏过阴山。

诗词赏析：

这是一首慨叹边战不断、国无良将的边塞诗。首句"秦时明月汉时关"七个字，即展现出一幅壮阔的图画：一轮明月，照耀着边疆关塞。诗人只用大笔勾勒，不做细致描绘，却恰好显示了边疆的寥廓和景物的萧条，渲染出孤寂、苍凉的气氛。尤为奇妙的是，诗人在"月"和"关"的前面，用"秦汉时"三字加以修饰，使这幅月临关塞图变成了时间中的图画，给万里边关赋予了悠久的历史感。这是诗人对长期的边塞战争做了深刻思考而产生的"神来之笔"。

《羊》 张宝松 作

43. 凉州词①二首·其一

【唐】王翰

葡萄美酒夜光杯②，

欲③饮琵琶④马上催⑤。

醉卧沙场⑥君⑦莫笑，

古来征战⑧几人回？

驿路长歌

注释：

①凉州词："凉州歌"的唱词，是盛唐时流行的一种曲调名。王翰写有《凉州词》两首，慷慨悲壮，广为流传。而这首《凉州词》被明代王世贞推为唐代七绝的压卷之作。

②夜光杯：用白玉制成的酒杯，光可照明。它和葡萄酒都是西北地区的特产。这里指精美的酒杯。

③欲：将要。

④琵琶：这里指作战时用来发出号角声的琵琶。

⑤催：这里指催人出发的意思。

⑥沙场：平坦空旷的沙地，古时多指战场。

⑦君：你。

⑧征战：打仗。

译文：

葡萄美酒倒满了夜光杯，正要畅饮的时候，马上的琵琶也同时在催促着。即使醉卧在沙场上，你也不要笑我啊！自古征战在外的又有几人能回来呢？

创作背景：

王翰为人豪放不羁，有盛名，杜甫曾以"李邕求识面，王翰愿卜邻"为荣幸。今存诗不多，而以《凉州词》享誉后世。

此诗与王之涣同题作皆曾被推为唐人七绝首选。诗从举杯欲饮写起，首句极力突出酒美杯美，葡萄酒乃西域特产的酒，色红。夜光杯，据《十洲记》载，是西胡献给周穆王的礼品，由西域所产的玉石琢成。意象之华美，使人想起李贺《将进酒》"琉璃锺，琥珀浓，小槽酒滴真珠红"，可以说酒未到，先陶醉。其中含着诗中人对生活的热爱，对于全诗是极其重要的一笔。

44. 送元二使^①安西^②

【唐】 王维

渭城^③朝雨浥^④轻尘，

客舍^⑤青青柳色^⑥新。

劝君更尽一杯酒，

西出阳关^⑦无故人。

注释：

①使：到某地；出使。

②安西：指唐代为统辖西域地区而设的安西都护府的简称，在今新疆维吾尔自治区库车县附近。

③渭城：在今陕西省西安市西北，即秦代咸阳古城。

④浥（yì）：润湿。

⑤客舍：旅馆。

⑥柳色：柳树象征离别。

⑦阳关：在今甘肃省敦煌西南，为自古赴西北边疆的要道。

作者简介：

王维（701—761，一说699—761），河东蒲州（今山西运城）人，祖籍山西祁县，唐朝著名诗人、画家，字摩诘，号摩诘居士。开元十九年（731年），王维状元及第。历官右拾遗、监察御史、河西节度使判官。唐玄宗天宝年间，王维拜吏部郎中、给事中。安禄山攻陷长安时，王维被迫受伪职。长安收复后，被责授太子中允。唐肃宗乾元年间任尚书右丞，故世称"王右丞"。

王维参禅悟理，学庄信道，精通诗、书、画、乐等，以诗名盛于开元、天宝间，尤长五言，多咏山水田园，与孟浩然合称"王孟"，有"诗佛"之称。书画特臻其妙，后人推其为南宗山水画之祖。苏轼评价其："味摩诘之诗，诗中有画；观摩诘之画，画中有诗。"存诗400余首，代表诗作有《相思》《山居秋暝》等。著作有《王右丞集》《画学秘诀》。

135

译文：

清晨的微雨湿润了渭城地面的灰尘，盖有青瓦的旅舍映衬柳树的枝叶显得格外新鲜。我真诚地劝你再干一杯，西出阳关后，就再也没有原来知心的朋友。

创作背景：

此诗是王维在送朋友去西北边疆时所作，诗题又名"赠别"，后有乐人谱曲，名为"阳关三叠"，又名"渭城曲"。它大约作于安史之乱前。安西，是唐中央政府为统辖西域地区而设的安西都护府的简称，治所在龟兹城（今新疆库车）。这位姓元的友人是奉朝廷的使命前往安西的。唐代从长安往西去的，多在渭城送别。渭城即秦都咸阳故城，在长安西北，渭水北岸。

《古道渔舟》　　　　　　　　　　　　张宝松　作

45.使至塞上①

【唐】 王维

单车欲问边，属国过居延。

征蓬②出汉塞，归雁③入胡天④。

大漠⑤孤烟⑥直，长河落日圆。

萧关⑦逢候骑⑧，都护⑨在燕然⑩。

注释：

①使至塞上：奉命出使边塞。使：出使。

②征蓬：随风飘飞的蓬草，此处为诗人自喻。

③归雁：雁是候鸟，春天北飞，秋天南行，这里是指大雁北飞。

④胡天：胡人的领空。这里是指唐军占领的北方地区。

⑤大漠：大沙漠，此处大约是指凉州之北的沙漠。

⑥孤烟：赵殿成注有二解：一云古代边防报警时燃狼粪，"其烟直而聚，虽风吹之不散"。

⑦萧关：古关名，又名陇山关，故址在今宁夏固原东南。

⑧候骑：负责侦察、通讯的骑兵。王维出使河西并不经过萧关，此处大概是用何逊诗"候骑出萧关，追兵赴马邑"之意，非实写。

⑨都护：唐朝在西北边疆置安西、安北等六大都护府，其长官称都护，每府派大都护一人、副都护二人，负责辖区一切事务。这里指前线统帅。

⑩燕然：燕然山，即今蒙古国杭爱山。东汉窦宪北破匈奴，曾于此刻石记功。这里代指前线。

译文：

轻车简从将要去慰问边关，我要到远在西北边塞的居延。

像随风而去的蓬草一样出临边塞，北归大雁正翱翔云天。

浩瀚沙漠中孤烟直上云霄，黄河边上落日浑圆。

到萧关时遇到侦察骑兵，得知主帅尚在前线未归。

诗词赏析：

开元二十五年（737年）的春天，王维奉唐玄宗之命，赴西北边塞慰问战胜吐蕃的河西副大使崔希逸，这实际上是被排挤出朝廷。这首诗所写的就是这次出使的情景。

诗人以简练的笔墨写了此次出使的经历。"单车欲问边"，写自己轻车简从，要前往边境慰问将士。要走多远呢？"属国过居延"，是要到远在西北边塞的居延。山高路远，诗人觉得自己好像"征蓬"一样随风而去，又恰似"归雁"一般进入胡天。既言事，又写景，更在叙事写景中传达出幽微难言的内心情感。经过长途跋涉，诗人终于"萧关逢候骑"，却没有遇见将官。一问才知道"都护在燕然"：将官正在燕然前线呢！故事似乎还要延续下去，但诗歌却于此戛然而止，给人留下回味的余地。

诗人以传神的笔墨刻画了奇特壮美的塞外风光。"大漠孤烟直，长河落日圆"，笔力苍劲，意境雄浑，视野开阔，被王国维赞为"千古壮观"的名句。试想，那茫茫无边的沙漠，只有用一个"大"字才能状其景观；在这纯然一色、荒凉无边的背景之上，那烽火台上燃起的一缕白烟直上云霄，是多么醒目，"孤烟"二字正能状其神韵。"孤烟"之后随一"直"字，使景物显得单纯简净，直入人心。"长河落日圆"，苍茫的沙漠，没有山，没有树，只有黄河横贯其间。视野所及，大漠无边无际，黄河杳无尽头，"长"字便自然涌上作者心头。而"长河"之上，是那一轮圆圆的落日，这里的"圆"字与前面的"直"字，都用得逼真传神，难以言其妙处。

46.金城①北楼

【唐】 高适

北楼西望满晴空，积水连山胜画中。

湍上急流声若箭，城头残月势如弓。

垂竿已羡磻溪老②，体道犹思塞上翁。

为向边庭更何事，至今羌笛③怨无穷。

注释：

①金城：古地名,即今甘肃兰州。

②磻溪老：指姜太公吕尚。

③羌笛：乐器,出于羌族,因以名之,其曲音调多凄婉。

作者简介：

高适（704—765），字达夫，一字仲武，渤海蓨（今河北景县）人，后迁居宋州宋城（今河南商丘睢阳）。安东都护高侃之孙，唐代诗人。曾任刑部侍郎、散骑常侍，封渤海县侯，世称高常侍。于永泰元年正月病逝，卒赠礼部尚书，谥号忠。作为著名边塞诗人，高适与岑参并称"高岑"，与岑参、王昌龄、王之涣合称"边塞四诗人"。其诗笔力雄健，气势奔放，洋溢着盛唐时期所特有的奋发进取、蓬勃向上的时代精神。有文集20卷。

译文：

在北楼上往西望去，满眼是晴朗的天空，浩浩的流水依傍着连绵的山峰，那秀丽的景色胜过图画。

湍濑之上，急奔的水流好像离弦之箭的破空声；高挂在城头上空的一弯月亮形同一张悬着的弯弓。

垂下钓竿，我不由十分羡慕姜太公的际遇，当我深刻地领会到人事变化的规律时，又不由深深思念起塞上那位通达世事的老翁。

想知道边陲地带到底还发生了什么事，但知道如今回荡在那边陲上空的还是一片羌笛的哀怨之声。

创作背景：

《金城北楼》是唐代诗人高适的作品。此诗先写远望所见，呈现出一派宏大、悲壮之景，并在写景中表达了诗人的祸福观，最后以无限伤感的简洁笔墨勾画了边疆凄清的生活场景。

诗中流露出诗人怀才不遇的忧闷心情。

　　这首诗是高适为数不多的律诗佳作之一。公元752年（天宝十一载）秋冬之际，高适经人引荐，入陇右节度使哥舒翰幕中，充任掌书记。此诗即写于离开长安赴陇右途经金城时。金城即金城县，故地在今甘肃兰州。高适隐身渔樵数十年，刚做了几年县尉，又不堪吏役辞掉了，可谓饱尝世途的艰辛。此次赴陇右幕府，虽是他所渴求的，但前途如何，未可预卜，所以诗中仍有几分观望心情。

《黄山翠云》　　　　　　　　　　　张宝松　作

47.塞上^①听吹笛

【唐】 高适

雪尽^②胡天^③牧马还^④，

月明羌笛^⑤戍楼^⑥间。

借问梅花何处落^⑦，

风吹一夜满关山^⑧。

注释：

①塞上：指凉州（今甘肃武威）一带边塞。此诗题一作《塞上闻笛》，又作《和王七玉门关听吹笛》。

②雪尽：冰雪消融。

③胡天：指西北边塞地区。胡是古代对西北部民族的称呼。

④牧马还：牧马归来。一说指敌人被击退。

⑤羌（qiāng）笛：羌族管乐器。

⑥戍楼：边防驻军的瞭望楼。

⑦梅花何处落：此句一语双关，既指想象中的梅花，又指笛曲《梅花落》。

⑧关山：这里泛指关陇山岭。

译文：

西北边塞，冰雪消融，战士们牧马归来。入夜明月清朗，哨所里战士吹起悠扬的羌笛。试问饱含离情的《梅花曲》飘向何处？它仿佛像梅花一样随风落满了关山。

创作背景：

此诗是高适在西北边塞地区从军时写的，当时他在哥舒翰幕府。高适曾多次到过边关，两次出塞，去过辽阳，到过河西，对边塞生活有着较深的体验。

《塞上听吹笛》是由高适所创作的。在这首诗中，写景有"虚景"与"实景"之分，高适用明快、秀丽的基调，丰富奇妙的想象，实现了诗、画、乐的完美结合，描绘了一幅优美动人的塞外春光图，使这首边塞诗有着几分田园诗的风味。

驿路长歌

48.关山月①

【唐】 李白

明月出天山②，苍茫云海间。

长风几万里，吹度玉门关③。

汉下白登④道，胡窥青海湾⑤。

由来⑥征战地，不见有人还。

注释：

①关山月：乐府旧题，属横吹曲辞，多抒离别哀伤之情。《乐府古题要解》："'关山月'，伤离别也。"

②天山：即祁连山，在今甘肃、新疆之间，连绵数千里。因汉时匈奴称"天"为"祁连"，所以祁连山也叫作天山。

③玉门关：故址在今甘肃敦煌西北，古代通向西域的交通要道。此二句谓秋风自西方吹来，吹过玉门关。

④下：指出兵。白登：今山西大同东有白登山。汉高祖刘邦领兵征匈奴，曾被匈奴在白登山围困了七天。《汉书·匈奴传》："（匈奴）围高帝于白登七日。"颜师古注："白登山在平城东南，去平城十余里。"

⑤胡：此指吐蕃。窥：有所企图，窥伺，侵扰。青海湾：即今青海省青海湖，湖因青色而得名。

⑥由来：自始以来；历来。《易·坤》："臣弑其君，子弑其父，非一朝一夕之故，其由来者渐矣。"

戍客望边色⑦，思归多苦颜。

高楼⑧当此夜，叹息未应闲。

注释：

⑦戍客：征人也。驻守边疆的战士。边色：一作"边邑"。

⑧高楼：古诗中多以高楼指闺阁，这里指戍边兵士的妻子。曹植《七哀诗》："明月照高楼，流光正徘徊。思妇高楼上，悲叹有余哀。"此二句当本此。

译文:

一轮明月从祁连山升起,穿行在苍茫云海之间。

浩荡的长风吹越几万里,吹过将士驻守的玉门关。

当年汉兵直指白登山道,吐蕃觊觎青海大片河山。

这里就是历代征战之地,出征将士很少能够生还。

戍守兵士远望边城景象,思归家乡不禁满面愁容。

此时将士的妻子在高楼,哀叹何时能见远方亲人。

创作背景:

《关山月》是唐代伟大诗人李白借乐府旧题创作的一首五古。此诗写远离家乡的戍边将士与家中妻室的相互思念之情,深刻地反映了战争带给广大民众的痛苦。全诗分为三层,开头四句,主要写关、山、月三种因素在内的辽阔的边塞图景,从而表现出征人怀乡的情绪;中间四句,具体写到战争的景象,战场悲惨残酷;后四句写征人望边地而思念家乡,进而推想妻子月夜高楼叹息不止。此诗如同一幅由关山明月、沙场哀怨、戍客思归三部分组成的边塞图长卷,以怨情贯穿全诗,色调统一,浑然一体,气象雄浑,风格自然。

李白看见征战的场景,因此感叹唐朝国力强盛,但边尘未曾肃清过。此诗就是在叹息征战之士的艰辛和后方思妇的愁苦时所作。

《松风图》　　　　　　　　　　　　张宝松　作

49. 和王七玉门关①听吹笛

【唐】 高适

胡人②吹笛戍楼③间，

楼上萧条④海月闲⑤。

借问⑥落梅⑦凡几⑧曲，

从风⑨一夜满关山⑩。

注释：

①王七：指诗人王之涣。玉门关：地名，在今甘肃敦煌西，即小方盘城。汉武帝置，因西域输入玉石时取道于此而得名，汉时为通往西域各地的门户。

②胡人：中国古代对北方边地及西域各民族人民的称呼。

③戍楼：边防驻军的瞭望楼。

④萧条：寂寞冷落；凋零。

⑤闲：这里有清幽之意。

⑥借问：犹询问。

⑦落梅：指笛曲《梅花落》，属于汉乐府横吹曲，善述离情。

⑧凡几：共计多少。

⑨从风：随风。

⑩关山：这里泛指关隘山岭。

译文：

　　胡人吹起羌笛响在戍楼之间，戍楼之上景象萧条，月光幽闲。

　　借问悠悠的落梅乐曲有几首？长风万里吹拂一夜洒满关山。

创作背景：

　　高适曾多次到过边关，两次出塞，去过辽阳，到过河西，对边塞生活有着较深的体验。这首诗是高适在西北边塞地区从军时写的，当时他在哥舒翰幕府。根据岑仲勉《唐人行第录》所载，此诗是对王之涣《凉州词》的酬和之作。

50.武威春暮

【唐】 岑参

岸雨过城头，黄鹂上戍楼①。

塞花飘客泪②，边柳挂乡愁。

白发悲明镜，青春换敝裘③。

君从万里使，闻已到瓜州④。

注释：

①岸雨：一作"片雨"。戍楼：边防驻军的瞭望楼。

②塞：边塞。客泪：离乡游子的眼泪。

③敝裘：破旧的皮衣。敝：破损。裘：用毛皮制成的御寒衣服。

④瓜州：即晋昌（今甘肃敦煌）。

译文：

　　片云吹过城头，黄莺飞上了戍楼。

　　塞花飘洒客子的泪水，边柳牵挂行人的乡愁。

　　长了白发对着明镜悲叹，可惜青春只换来了破裘。

　　此次您又承当了远行万里的使命，听说现在已经到了瓜州。

创作背景：

　　《武威春暮》是唐代诗人岑参的作品。此诗写作者对好友宇文判官出使西域顺利返回晋昌而感到高兴，同时抒发了自己虽有建功立业的雄心壮志，却仍滞留边疆难以还家的伤感与无奈，充分展示了边塞诗人的柔情。

　　宇文判官与岑参同为高仙芝的僚属。唐玄宗天宝十载（751年），高仙芝改授河西节度使，他们一起回到姑臧。不久，宇文判官又出使安西。出于对这位朋友的信任和怀念，岑参在姑臧听说他已回到晋昌，即作此诗向老朋友倾诉自己的心事。

《太行晨光》　　　　　　　　　　张宝松　作

51.题金城①临河驿楼

【唐】 岑参

古戍依重险，高楼接五凉②。

山根盘驿道，河水浸城墙。

庭树巢鹦鹉，园花隐麝香。

忽如江浦上，忆昨捕鱼郎。

注释：

①金城：在今甘肃兰州之西北。

②五凉：指晋和南朝宋时北方十六国中的前凉、后凉、西凉、北凉、南凉。其地均在甘肃境内，后借指甘肃一带。

译文：

古城墙依傍着重重的天险，站在高楼上能看到五凉。

山道从山根一直盘旋环绕，深不见底的河水已经浸润着城墙。

城墙内的大树上，鹦鹉在这里筑巢，花园里隐隐飘来麝香的味道。

自己仿佛正置身于江上，想起当年捕鱼的日子，是多么的悠闲舒适。

创作背景：

岑参于玄宗天宝八载（749年）、十三载（754年）两度西行出塞，来回都路过金城。金城，即今甘肃省兰州市。金城的山水使诗人深心激动，神思飞越;诗人的作品又使金城山水的雄奇与秀美宛然在目，名声远播。

52.紫骝马①

【唐】 卢照邻

骝马照金鞍，转战入皋兰②。

塞门风稍急，长城③水正寒。

雪暗鸣珂④重，山长⑤喷玉⑥难。

不辞横绝漠⑦，流血⑧几时干。

注释：

①紫骝马：汉乐府旧题。

②皋兰：山名，在今甘肃兰州。

③长城：春秋战国时，各国出于防御目的，分别在边境形势险要处修筑长城。秦统一六国后，予以修缮，连贯为一。故城西起临洮（今甘肃岷县），北傍阴山，东至辽东，俗称"万里长城"。

④鸣珂：马以玉为饰，行则作响，因名。珂，白色似玉的美石。

⑤山长：一作"山头"。

⑥喷玉：马嘘气或鼓鼻时喷散雪白的唾沫。

⑦横绝漠：驰骋于极远的沙漠地区。

⑧流血：汗血。暗指汗血马，古代骏马。

作者简介：

卢照邻，初唐诗人，字升之，自号幽忧子，汉族，幽州范阳（治今河北省涿州市）人。其生卒年史无明载。卢照邻望族出身，曾为王府典签，又出任益州新都（今四川成都附近）尉。在文学上，他与王勃、杨炯、骆宾王以文词齐名，世称"王杨卢骆"，号为"初唐四杰"。有七卷本的《卢升之集》、明张燮辑注的《幽忧子集》存世。卢照邻尤工诗歌骈文，以歌行体为佳，不少佳句传颂不绝，如"得成比目何辞死，愿作鸳鸯不羡仙"等，更被后人誉为经典。

译文：

枣红色的骏马一边奔驰一边鸣叫着，它那碧玉般的蹄子上下翻飞。来到河边，它不肯渡水，好像在怜惜身上披着的锦缎障泥。与吐蕃接壤的白雪戍是那么的遥远，黄云海戍迷离不见。挥动马鞭奔赴万里之外，怎能贪恋家室的温馨呢。

诗词赏析：

《紫骝马》，乐府《横吹曲辞》旧题。这首表达的是诗人即将远赴边塞时的矛盾心情。他十分渴望立功边塞，但踏上遥远的征途时，总不免对家乡有些恋恋之情。

《虚谷祥云》　　　　　　　　　　　　　张宝松　作

53.南山诗

【唐】李白

自此风尘远，山高月夜寒。

东泉澄彻底，西塔顶连天。

佛座灯常灿，禅房花欲然。

老僧三五众，古柏几千年。

注释：

　　南郭寺：位于甘肃省天水市城南2公里山坳，占地5.7公顷。这里树木葱茏，古柏参天，风景优美，鸟语花香，为天水的八景之一，誉名"南山古柏"。建寺已有一千多年的历史，为历代诗人墨客览胜之地。

译文：

我从很远的地方风尘仆仆地来到天水南郭寺，只见这里山高夜冷。东泉内的水清澈见底，西面的古塔高耸入云。寺庙内佛座前的香火不断，禅房前的鲜花含苞待放。三五位老僧人在院内忙着招呼香客，这里的一棵古柏竟然有上千年的历史。

创作背景：

李白的游历，自24岁出川开始，按照他的自述，出川漫游是为了谋发展，实现远大的理想抱负。"大丈夫必有四方之志，乃仗剑去国，辞亲远游。难穷苍梧，东涉冥海。"这段时期，李白遍交诗友、广结官吏，目的是进入仕途，实现他"指点江山"的理想抱负。然而事与愿违，此期间李白除了诗名在外，并未谋得一官半职。有一年秋天，他来到西北小城天水。回到他的祖籍地，不识乡音的他带着的依旧是他的豪情，并在南山古寺留诗一首。

54.塞下曲

【唐】 李白

五月天山雪，无花只有寒。

笛中闻折柳，春色未曾看。

晓战随金鼓，宵眠抱玉鞍。

愿将腰下剑，直为斩楼兰①。

注释：

①斩楼兰：据《汉书·傅介子传》："汉代地处西域的楼兰国经常杀死汉朝使节，傅介子出使西域，楼兰王贪他所献金帛，被他诱至帐中杀死，遂持王首而还。"

译文：

到了五月，天山依旧白雪皑皑，没有鲜花，只有地冻天寒。

虽然传来吹奏《折杨柳》的笛声，却依旧看不到一丝春色。

一早就随着战鼓声去搏战，到了夜晚也只能抱着马鞍打瞌睡。

希望能用我挎着的剑，像傅子介那样为国除害，消灭敌人。

创作背景：

诗作于唐玄宗天宝二年（743年），此前一年李白初入长安，此时供奉翰林，胸中正怀有建功立业的政治抱负。

《塞下曲》借用唐代流行的乐府题目而写时事与心声，其主题是要求平定边患。全诗以乐观高亢的基调和雄浑壮美的意境，反映了盛唐的精神风貌，描绘了守边将士在沙场上征战的艰苦生活，歌颂了将士们忠心报国的英勇精神。诗中有对战斗场景的描述，也有对闺中柔情的抒写，内容丰富，意境浑成，格调昂扬，豪气充溢，表现了诗人高尚的爱国情操。

《那拉提草原》　　　　　　　　　　张宝松　作

55.凉州词·其一

【唐】 张籍

边城暮雨雁飞低，

芦笋初生渐欲齐。

无数铃声遥过碛^①，

应驮白练^②到安西^③。

注释：

①碛（qì）：戈壁；沙漠。

②白练：白色热绢。这里泛指丝绸。

③安西：地名。唐方镇有安西都护，其治所在今新疆库车，兼辖龟兹，焉耆、于阗、疏勒四镇。贞元六年（790年），为吐蕃所陷。

译文：

低飞的雁群在傍晚时分出现在边城，芦苇正在努力地生长。

一群骆驼满载着货物伴着驼铃声缓缓前进。西去的驼队应当还是驮运丝绸经由这条大道远去安西。

诗词赏析：

这首诗描写边城的荒凉萧瑟。前两句写俯仰所见的景象。"边城暮雨雁飞低"，仰望边城上空，阴雨笼罩，一群大雁低低飞过。诗人为何不写边城晴朗的天空，却选择阴沉昏暗的雨景，因为此时诗人无心观赏边塞的风光，只是借景托情，以哀景暗示边城人民在胡兵侵扰下不得安宁的生活。为增强哀景的气氛，诗人又将这暮雨雁飞的景置于特定的时里。边城的阴沉悲凉，若是霜秋寒冬，那是自然物候；而这时既不是霜秋，也不是寒冬，反而是万物争荣的春天。"芦笋初生渐欲齐"，俯视边城原野，芦苇吐芽，如笋破土，竞相生长。这句已点明寒气消尽，在风和日暖的仲春时节，边城仍然暮雨连绵、凄凉冷清，很容易启人联想那年年岁岁的四季悲凉。这两句写景极富特色。俯仰所见，在广阔的空间位置中展现了边城的阴沉；暮雨、芦笋，上下映照，鲜明地衬托出美好时节里的悲凉景色，具有很强的艺术感染力。

后两句叙事。在这哀景之下，边城的悲事一定很多，而绝句又不可能做多层面的铺叙，诗人便抓住发生在"丝绸之路"上最典型的事件："无数铃声遥过碛，应驮白练到安西。"这句中的"碛"，是沙漠；"安西"，唐西北重镇，此时已被吐蕃占据。眺望边城原野，罕见人迹，只听见一串串的驼铃声消失在遥远的沙漠中。这"遥过"的铃声勾起了诗人的遥思：往日繁荣的"丝绸之路"上，在这温暖的春天里，运载丝绸的商队应当是络绎不绝的，路过西安，通向西域；然而如今安西被占，丝绸之路受阻，无数的白练丝绸不再运往西域交易，"应驮"非正驮，用来意味深长。诗人多么盼望收复边镇，恢复往日的繁荣啊！"应驮"以点睛之笔，正有力地表达了诗人这种强烈的愿望，从而点明了该诗的主题。

这首绝句，写景叙事，远近交错，虚实相生，给读者的联想是丰富的。一、二两句实写目见的近景，以荒凉萧瑟的气氛有力地暗示出边城的骚乱不安、紧张恐怖，这是寓虚于实；三、四两句虚写耳闻的远景，从铃声的"遥过"，写到应驮安西的"遥思"，以虚出实，在丝绸之路上，掠夺代替了贸易，萧条取代了繁荣，这虽是出于诗人的遥想，但已深深地渗透到读者想象的艺术空间。

56.凉州词·其二

【唐】 张籍

古镇城门白碛开，

胡兵往往傍沙堆①。

巡边使客②行应早，

欲问平安无使来。

注释：

①沙堆：亦作"沙塠"，沙墩，小沙丘。

②使客：使者。

译文：

古镇的城门向着沙漠开敞，胡人的士兵经常依靠着小山丘。

巡逻边城的来使出行应该趁早，想要平安无事没有使者来到。

创作背景：

《凉州词》是乐府诗的名称，本为凉州一带的歌曲，唐代诗人多用此调作诗，描写西北边塞的风光和战事。安史之乱以后，吐蕃族趁虚大兴甲兵，东下牧马，占据了唐西北凉州（今甘肃永昌以东、天祝以西一带）等几十个州镇，从8世纪后期到8世纪中叶长达半个多世纪。诗人目睹这一现实，感慨万千，写下了3首《凉州词》。

《凉州词·其二》写现在边关的不安宁，反映了中唐时国力的衰微，隐含了作者深深的忧虑。

57.凉州词·其三

【唐】 张籍

凤林关①里水东流，

白草②黄榆③六十秋④。

边将皆承主恩泽⑤，

无人解道取凉州⑥。

注释：

①凤林关：在唐代陇右道的河州（治所在今甘肃临夏）境内，位于黄河南岸。

②白草：北地所生之草，似莠而细，干熟时呈白色，为牛羊所喜食。

③黄榆：乔木名，树皮黄褐色。叶、果均可食用。

④六十秋：从吐蕃全部占领陇右之地至作者写诗之时，已过去了六十年之久。

⑤恩泽：恩惠赏赐。

⑥凉州：唐陇右道属州，治所在今甘肃武威。代宗宝应、广德年间沦于吐蕃之手。此地以凉州泛指陇右失地。

译文：

流经凤林关的河水向东流去，白草、黄榆树已经生长了六十年。

边城的将士都承受主上的恩惠赏赐，却没有人知道去夺回凉州。

创作背景：

安史之乱以后，吐蕃族趁虚大兴甲兵，东下牧马，占据了唐西北凉州（今甘肃永昌以东、天祝以西一带）等几十个州镇，从8世纪后期到9世纪中叶长达半个多世纪。诗人目睹这一现实，感慨万千，写了《凉州词三首》。

张籍这三首诗从边城的荒凉、边塞的侵扰、边将的腐败三个方面，再现了边城惨淡的情景，表达了诗人对边事的深切忧患。

《凉州词》是乐府诗的名称，本为凉州一带的歌曲，唐代诗人多用此调作诗，描写西北边塞的风光和战事。

《瑞雪》

张宝松　作

58.访道

【宋】 夏元鼎

崆峒访道至湘湖，

万卷诗书看转愚①。

踏破铁鞋无觅处，

得来全不费功夫。

注释：

①愚：痴愚。

作者简介：

夏元鼎，宋代道士，字宗禹，号云峰散人，又号西城真人，永嘉（今浙江永嘉）人。著《紫阳真人悟真篇讲义》七卷、《黄帝阴符经讲义》四卷等。诗八十一首，西江月词十二首。

译文：

到崆峒山访问道士来到了湖湘边，我读了万卷诗书越读越感觉愚鲁。踏破了铁鞋也寻不到的诗情灵感，实践中得来竟全然不费什么功夫。

创作背景：

作者早年入仕，奔走燕齐间。后弃官学道，曾在崆峒"访道"。《访道》为千古名篇。

驿路长歌

59.小西湖竹枝词

【清】 王澍霖

六月会开日正长，

炎蒸①天气觉难当。

多情最是堤边柳，

招得游人暂歇凉。

注释：

①炎蒸：（艳阳高照）热气蒸人。

作者简介：

王澍霖（1830—?），字石樵，号兰山樵者，斋号宜春草堂，皋兰县长川子人。咸丰二年（1852年）副贡生。同治四年（1865年）游幕于陕甘总督杨岳斌，为岳斌草拟奏折、军书、战报，以军功历官榆林、神木、韩城知县，有惠政，入祀韩城县文庙名宦祠。能书工诗善画，著作三种。《秦陇感吟集杜》一册，系同治。光绪间，澍霖宦游陕甘时，集杜甫五律57首，多为纪实之作，如渭北各县民乱，韩城、郃阳饥民造反等事。附录《归里吟》集句五律16首，是回到兰州，筑宜春草堂，共述天伦之乐、诗酒生涯的诗作。《宜春草堂诗集》二卷，系在兰州宜春草堂之作，其中有怨言兰州地方名胜之作，如《小西湖竹枝词》《红泥沟志公洞》《金天观》等。《集古》一卷，系集古人诗句之作。

译文：

时值六月六为龙王庙庙会，艳阳高照，暑气蒸人，杨柳不忍游人暴晒，枝条摇曳，似招手迎人歇凉。

诗词赏析：

王澍霖15首竹枝词即是晚清关于小西湖的一部风土志，它将小西湖的重建历史、官绅市民游湖的百态、晚清兰州的民俗事象，一一娓娓道来，令人有身历其境之感。摘录为其中一首。

60. 塞外杂咏

【清】 林则徐

天山万笏耸琼瑶①，
导我西行伴寂寥②。
我与山灵相对笑，
满头晴雪共难消③。

驿路长歌

注释：

①万笏（hù）：天山群峰。笏，古代朝会时所拿的一种狭长板子，有事则书于上，以免遗忘，形似一曲背老人。这里以其形状群峰。琼瑶：美玉，比喻天山上的积雪。

②寂寥：这里是寂寞、空虚意。

③满头晴雪：指诗人的白发。共难消：与天山上的积雪一样不易消除。

作者简介：

　　林则徐（1785—1850），汉族，福建侯官人（今福建省福州市），字元抚，又字少穆、石麟，晚号俟村老人、俟村退叟、七十二峰退叟、瓶泉居士、栎社散人等。清朝后期政治家、思想家和诗人，中华民族抵御外辱过程中伟大的民族英雄，其主要功绩是虎门销烟。官至一品，曾任江苏巡抚、两广总督、湖广总督、陕甘总督和云贵总督，两次受命为钦差大臣。因其主张严禁鸦片、抵抗西方的侵略、坚持维护中国主权和民族利益，深受全世界中国人的敬仰。

译文：

　　天山雪峰，数以万计，笏一般陡峭，玉一般洁白，它们导引着我西行，一路上与我为伴、互慰寂寥。被贬途中，只有寂寥雪山相伴，忧心如焚却无人可倾诉，只能与山灵相对笑，扼腕长叹，一夜黑发变银丝，报国无门的愤懑心情难以消除。

创作背景：

　　此诗作于作者被革职后，西行伊犁途中。清道光二十二年（1842），作者因禁烟事被贬伊犁（今新疆伊宁）。这首诗是作者出嘉峪关（长城的终点）后，至伊犁途中写的。

《天山雪》　　　　　　　　　　　　　张宝松　作

61.秦州杂诗·山头南郭寺①

【唐】 杜甫

山头南郭寺，水号北流泉②。

老树③空庭得，清渠一邑传。

秋花危石底，晚景卧钟边。

俯仰悲身世，溪风为飒然。

注释：

①南郭寺：位于秦州城东南约三里的慧音山北坡，今尚存。

②北流泉：在南郭寺内，因泉水北流而得名。今存泉井一眼，水味甘甜。

③老树：南郭寺庭院有古柏两株，今尚存活。

译文：

南郭寺坐落在山头，寺中有一眼泉水名叫北流泉。

古老的柏树为空庭增色添彩，清澄的渠水流遍全县。

秋花开在危石下面，傍晚的景色就卧在废钟旁边。

俯仰之间触发了身世的悲慨，溪风飒飒为我发出凄凉的感叹。

创作背景：

此诗是杜甫寓居秦州时所作。南郭寺位于秦州南郊约两公里的慧香山坳，下临耤河，与北山隗嚣宫相映成趣。杜甫曾游览过这两处名胜，均有吟咏，收入《秦州杂诗》二十首。

62.月夜忆舍弟①

【唐】 杜甫

戍鼓②断人行③，边秋④一雁声。

露从今夜白⑤，月是故乡明。

有弟皆分散，无家⑥问死生。

寄书长⑦不达⑧，况乃⑨未休兵⑩。

注释：

①舍弟：这里指自己的弟弟。

②戍鼓：戍楼上用以报时或告警的鼓声。

③断人行：指鼓声响起后，就开始宵禁。

④边秋：一作"秋边"，秋天的边地，边塞的秋天。

⑤露从今夜白：指在节气"白露"的一个夜晚。

⑥无家：杜甫在洛阳附近的老宅已毁于安史之乱。

⑦长：一直，老是。

⑧不达：收不到。达，一作"避"。

⑨况乃：何况是。

⑩未休兵：此时叛将史思明正与唐将李光弼激战。

译文：

　　戍楼上响起禁止通行的鼓声，秋季的边境传来孤雁的哀鸣。

　　今天是白露节更怀念家里人，还是觉得家乡的月亮更明亮。

　　虽有兄弟但都离散各去一方，已经无法打听到他们的消息。

　　寄书信询问也不知送往何处，因为天下依旧战乱不能太平。

创作背景：

　　这首诗是唐肃宗乾元二年（759年）秋杜甫在秦州所作。唐玄宗天宝十四年（755年），安史之乱爆发。乾元二年九月，叛军安禄山、史思明从范阳引兵南下，攻陷汴州，西进洛阳，山东、河南都处于战乱之中。当时，杜甫的几个弟弟正分散在这一带，由于战事阻隔，音信不通，引起他强烈的忧虑和思念。这首诗就是他当时思想感情的真实记录。

63.兰州

【明】 王祎

洮①云陇草都行尽，
路到兰州是极边。
谁信西行从此始，
一重天外一重天。

注释：

①洮：指洮河，在甘肃省西斜山东麓刘家峡附近入黄河，全长约669
千米，流域面积31400平方千米。

作者简介：

王祎（一作"袆"）（1321—1373），字子充，义乌来山人，后依外祖父居青岩傅。生于元英宗至治元年，卒于明太祖洪武五年，年52岁。幼敏慧。及长，师柳贯、黄溍，遂以文章著名。太祖召授江南儒学提举。后同知南康府事，多惠政。洪武初，诏与宋濂为总裁，与修元史。书成，擢翰林待制。以招谕云南，死于节，谥忠文。著有《王忠文公集》二十四卷，及大事记续编，《四库总目》又曾重修革象新书，并传于世。

译文：

洮河云彩、田园荒野都走过了，路走到兰州已经是尽头了，谁相信西行是从这里开始的，一重天外是另一个世界。

诗词赏析：

兰州，又称金城，作为古丝绸之路重镇，曾经有多少文人墨客在此留下诗词歌赋。名字被镌刻在一首首的诗歌中，魅力被潜藏在一串串的字句中，随着时间的流逝，在历史的长河里熠熠生辉。

兰州在古人的眼中，就像是一个世界的尽头，同时又是另一个世界的开始，兰州的路、山、水、天都带着一种极致的美。

《菖蒲灵石》　　　　　　　　　　　　　张宝松　作

64.送韦评事①

【唐】 王维

欲逐将军取右贤②，

沙场走马向居延③。

遥知汉使萧关外④，

愁见孤城⑤落日边。

注释：

①韦评事：不详其人。评事：官名。

②逐：追随。取：俘获。右贤：即右贤王，汉时匈奴族对其贵族的封号。匈奴贵族有左贤王、右贤王之号，右贤王亦被称为"右贤"。

③沙场：平沙旷野。后多指战场。走马：骑马疾走；驰逐。居延：古边塞名。汉初，居延为匈奴南下凉州的要道。太初三年（前102年），派遣路博德于此筑塞，以防匈奴入侵，故名遮虏（虏）障。遗址在今内蒙古额济纳旗东南。

④遥知：谓在远处知晓情况。汉使：此指韦评事。萧关：古关名。故址在今宁夏固原东南，为自关中通向塞北的交通要冲。

⑤孤城：边远的孤立城寨或城镇。

译文：

将要追随将军去攻取右贤，战场上纵马飞驰奔向居延。

悬想汉家使者在萧关之外，定愁见孤城独立落日旁边。

诗词赏析：

此诗前两句"欲逐将军取右贤，沙场走马向居延"，热情鼓励友人从军，杀敌立功，写得很有气势，表现了昂扬向上的情调。这些豪迈激昂、慷慨雄壮的诗句，极具浪漫色彩，颇为震撼人心，既是对边塞将士的高度赞颂，也是诗人进取精神的生动体现。后两句"遥知汉使萧关外，愁见孤城落日边"则把笔锋一转，写塞外萧索悲凉的景象所引起的思乡愁情。其中，"孤城""落日"两个意象形象生动地展示出一片雄阔的景象，同时也描绘出边地的荒凉。其意境与"大漠孤烟直，长河落日圆"（《使至塞上》）甚为相似，充分体现了王维诗歌"诗中有画"的特点。

全诗这种突转笔锋的写法看似突兀，但作者把从军者立功边塞和思乡怀归这两种特有的心理统一在这首小诗里，用笔凝练，因而具有一定的代表性，并给人以一种悲壮的美感。

65.陇西行①

【唐】 王维

十里一走马，五里一扬鞭。

都护②军书至，匈奴围酒泉③。

关山④正飞雪，烽戍断⑤无烟。

注释：

①陇西行：乐府古题，又名"步出夏门行"，属《相和歌·瑟调曲》。陇西：陇山之西，在今甘肃省陇西县以东。

②都护：官名。汉代设置西域都护，唐代设置六大都护府以统辖西域诸国。

③匈奴：这里泛指中国北部和西部的少数民族。酒泉：郡名，在今酒泉市东北。

④关山：泛指边关的山岳原野。

⑤断：中断联系。

译文：

　　告急的军使跃马扬鞭，十里又十里纵马飞驰，五里又五里不断扬鞭。西北都护府的军使传来了加急的军书，匈奴的军队已经围困西域重镇酒泉。边关的山岳原野，却只见漫天飞雪，不见烽火烟。

诗词赏析：

　　从体裁上看，这首诗属于古体诗；从题材上看，这首诗属于边塞诗。诗一开头，便写告急途中，军使跃马扬鞭，飞驰而来，一下子就把读者的注意力牢牢吸引住了。中间两句，点明了骑者的身份和告急的事由。一个"围"字，可见形势的严重。一个"至"字，则交代了军使经过"走马""扬鞭"的飞驰疾驱，终于将军书及时送到。最后两句，补充交代了气候对烽火报警的影响。这首诗反映的是边塞战争，但并不正面描写战争，而是截取军使送书这一片段，通过描绘出一幅迷茫、壮阔的关山飞雪远戍图，侧面渲染边关的紧急状况与紧张气氛，展现出诗篇"意余象外"的深邃与凝重。

66.我忆兰州好

【清】 江得符

我忆兰州好，熏风入夏时。

踏花寻竹坞①，醉日泛莲池②。

泉石多清趣，园林尽古姿。

晚来③水车下，凉意沁诗脾。

注释：

①竹坞：泛指兰州大大小小的官署花园及私家花园。

②莲池：即元代莲荡池。明肃王叠石筑亭，植柳栽花，为鸥凫浴浪，颇有江南风格的园林。清季重修为小西湖。湖光月影，交映生辉，正是泛舟游赏的好时光。

③"晚来"句写黄河两岸的水车。诗人回忆盛夏漫步河滨，水车高大身影在暮色中缓缓转动，轧轧作响，凉风徐来，一缕诗意涌上心头。

作者简介：

　　江得符（1728—1782），字右章，号镜轩，兰州人。父江霖以武举人官至彝陵游击。母李氏知书识礼，教江得符学习诗、古文，十来岁就考中廪生。乾隆十三年（1748年）考入兰山书院，跟山长、山东学者牛运震学经史、制艺。同学有临洮吴镇、兰州黄建中。他们切磋砥砺，期为国用。后来，他们成为驰名三陇的学者与诗人。

译文：

　　兰州真是一个好地方，盛夏时分，空气中弥漫着丝丝凉风。夜晚，我沿着鲜花竞放的青石小路，来到一座花园，一轮明月倒映在莲池里，好似酒醉了一般迷人，水光月影交相辉映。泉水叮咚作响，流经形态各异的青石，园林呈现出一派古色古香的韵味。夜深了，我漫步河滨，水车高大的身影在暮色中缓缓转动，轧轧作响。清风徐来，一缕诗意涌上心头。

创作背景：

　　在乾隆年间有位名叫江得符的诗人，流寓华阴十载，关山千里，怀念故乡，于是写下了概括兰州上下千余年历史的《我忆兰州好》12首组诗排遣无尽的乡愁，举凡兰州民俗、风物、名胜、古迹、人物，无不涉及，容量丰赡，史料珍贵，直可视为一部文情并茂的微型兰州史志。

《清晖映竹》 　　　　　　　　　　　　　　　张宝松　作

67.出塞

【清】 徐锡麟

军歌应唱大刀环^①，
誓灭胡奴^②出玉关^③。
只解沙场^④为国死，
何须马革裹尸^⑤还。

注释：

①环：与"还"同音，古人常用作还乡的隐语。

②胡奴：指清王朝封建统治者。

③玉关：即甘肃玉门关，汉时为出塞要道。

④沙场：本指平沙旷野，后多指战场。古人有云："沙场烽火连胡月。"

⑤马革裹尸：英勇作战，战死于战场。《后汉书·马援传》："方今匈奴、乌桓，尚在北边，欲自请击之。男儿要当死边野，以马革裹尸还葬耳。"

作者简介：

　　徐锡麟（1873—1907），字伯荪，号光汉子，浙江山阴（今绍兴）人。生于地主绅商家庭，幼读私塾，喜欢算术、天文，先后取得廪生、副举人等功名。因他常宣传革命思想，仇视清廷，其父恐受连累，分了一部分财产给他，表示脱离父子关系。

译文：

　　出征的战士应当高唱军歌胜利归来，决心把满族统治者赶出山海关。战士只知道在战场上要为国捐躯，何必考虑把尸体运回家乡。

创作背景：

　　这是一首边塞诗，写于1906年。当时作者从日本回国，曾北上游历，在吉林、辽宁一带查看形势，一路走来，有许多感想，于是就留下了这首七言诗。这首诗抒发了作者义无反顾的革命激情和牺牲精神，充满了英雄主义气概，把一腔报效祖国、战死疆场的热忱发挥得淋漓尽致。在写下这首诗的一年以后，作者在安庆起义，失败被捕，慷慨就义，用生命实现了自己的理想。

68.从军行七首·其五

【唐】 王昌龄

大漠风尘日色昏，

红旗半卷出辕门。

前军①夜战洮河②北，

已报生擒吐谷浑③。

注释：

①前军：指唐军的先头部队。

②洮河：河名，源出甘肃临洮西北的西倾山，最后流入黄河。

③吐谷浑：中国古代少数民族名称，晋时鲜卑慕容氏的后裔。据《新唐书·西域传》记载："吐谷浑居甘松山之阳，洮水之西，南抵白兰，地数千里。"唐高宗时吐谷浑曾经被唐朝与吐蕃的联军所击败。

译文：

塞北沙漠中大风狂起，尘土飞扬，天色为之昏暗，前线军情十分紧急，接到战报后迅速出击。

先头部队已经于昨夜在洮河北岸和敌人展开了激战，刚才还在交战，现在就传来俘获敌军首领的消息。

创作背景：

盛唐时期，国力强盛，君主锐意进取、卫边拓土，人们渴望在这个时代崭露头角、有所作为。武将把一腔热血洒向沙场建功立业，诗人则为伟大的时代精神所感染，用他沉雄悲壮的豪情谱写了一曲曲雄浑磅礴、瑰丽壮美的诗篇。《从军行》就是盛唐诗人王昌龄采用乐府旧题写的此类边塞诗。

《独与天地精神往来》

张宝松 作

69.九日登一览楼①

【明】 陈子龙

危②楼樽酒③赋蒹葭④，南望潇湘水一涯。

云麓⑤半涵青海雾⑥，岸枫遥映赤城⑦霞。

双飞日月驱神骏，半缺河山待女娲。

学就屠龙⑧空束手，剑锋腾踏绕霜花。

注释：

①一览楼：位于作者家乡松江城内。

②危：高。

③樽（zūn）酒：杯酒，此指代借酒抒怀。

④蒹（jiān）葭（jiā）：原意指芦苇，《诗经》中有《蒹葭》一篇，此指代思念南明政权。

⑤云麓（lù）：云山之意。

⑥青海：古代少数民族聚居地，诗词中常用来代称边地。青海雾：以西北青海之雾代指满清势力已占领了半个江山。

⑦赤城：山名，位于今浙江省天台县西北，又称"烧山""消山"。此代指扶明抗清之决心。

⑧屠龙：比喻有本领，有绝技，代指身怀绝艺而无用武之处。

作者简介：

　　陈子龙（1608—1647），明末官员、文学家。初名介，字卧子、懋中、人中，号大樽、海士、轶符等。汉族，南直隶松江华亭（今上海松江）人。崇祯十年（1637年）进士，曾任绍兴推官，论功擢兵科给事中，命甫下而明亡。清兵陷南京，他和太湖民众武装组织联络，开展抗清活动，事败后被捕，投水殉国。他是明末重要作家，诗歌成就较高，诗风或悲壮苍凉，充满民族气节；或典雅华丽；或合两种风格于一体。擅长七律、七言歌行、七绝，被公认为"明诗殿军"。陈子龙亦工词，为婉约词名家、云间词派盟主，被后代众多著名词评家誉为"明代第一词人"。

译文：

　　高楼上我借酒抒怀，遥望云水相隔的那一方。云间山峰依稀笼罩着大海的雾气，岸边的红枫远映着赤城山的殷红。双飞的日月显得那么神采奕奕，破碎的山河等待着补天的女娲。我白白学了屠龙的本领，如今却束手无策，可是我的宝剑却在跳跃，并闪烁出冰冷的寒光。

创作背景：

　　《九日登一览楼》是明代诗人陈子龙创作的一首七言律诗。这首诗首联写登高远望，追怀古之屈原以明志；颔联暗示赏景中时间的飞逝；颈联写因光阴似箭而引起的内心忧虑；尾联感叹自己虽有屠龙之术，可惜报国无门。这首诗作于清顺治三年（1646年），是重阳日登高纵目时的感慨之作。这是一支英雄的悲歌。它是诗人面对惨淡的局势而发出的内心的呼唤，字里行间流露出他对南方小朝廷的深深祝福。整首诗虚实结合，诗风豪放激昂，体现出诗人壮志难酬、壮心不已的慷慨与悲凉。

70.渔家傲·秋思

【宋】 范仲淹

塞①下秋来风景异，衡阳雁去②无留意。四面边声③连角起，千嶂④里，长烟落日孤城闭。 浊酒一杯家万里，燕然未勒⑤归无计。羌管⑥悠悠⑦霜满地，人不寐⑧，将军白发征夫⑨泪。

注释：

①塞：边界要塞之地，这里指西北边疆。

②衡阳雁去：传说秋天北雁南飞，至湖南衡阳回雁峰而止，不再南飞。

③边声：边塞特有的声音，如大风、号角、羌笛、马啸的声音。

④千嶂：绵延而峻峭的山峰；崇山峻岭。

⑤燕然：即燕然山，今名杭爱山，在今蒙古国境内。据《后汉书·窦宪传》记载，东汉窦宪率兵追击匈奴单于，去塞三千余里，登燕然山，刻石勒功而还。燕然未勒：指战事未平，功名未立。

⑥羌管：即羌笛，出自古代西部羌族的一种乐器。

⑦悠悠：形容声音飘忽不定。

⑧寐：睡，不寐就是睡不着。

⑨征夫：出征的将士。

范仲淹（989—1052），字希文。祖籍邠州，后移居苏州吴县。北宋初年政治家、文学家。范仲淹幼年丧父，母亲改嫁长山朱氏，遂更名朱说。大中祥符八年（1015年），范仲淹苦读及第，授广德军司理参军。后历任兴化县令、秘阁校理、陈州通判、苏州知州等职，因秉公直言而屡遭贬斥。皇祐四年（1052年），改知颖州，在扶疾上任的途中逝世，年六十四。累赠太师、中书令兼尚书令、楚国公，谥号"文正"，世称范文正公。

译文：

秋天到了，西北边塞的风光和江南大不同。向衡阳飞去的雁群，一点也没有停留之意。黄昏时分，号角吹起，边塞特有的风声、马啸声、羌笛声和着号角声从四面八方回响起来。连绵起伏的群山里，夕阳西下，青烟升腾，孤零零的一座城紧闭城门。

饮一杯浊酒，不由得想起万里之外的亲人，眼下战事未平、功名未立，还不能早作归计。远方传来羌笛的悠悠之声，天气寒冷，霜雪满地。夜深了，在外征战的人都难以入睡，无论是将军还是士兵，都被霜雪染白了头发，只好默默地流泪。

诗词赏析：

这首边塞词既表现将军的英雄气概及征夫的艰苦生活，也暗寓对宋王朝重内轻外政策的不满，爱国激情、浓重乡思兼而有之，构成了将军与征夫思乡却渴望建功立业的复杂又矛盾的情绪。这种情绪主要是通过全词景物的描写、气氛的渲染，婉曲地传达出来。综观全词，意境开阔苍凉，形象生动鲜明，反映出作者耳闻目睹、亲身经历的场景，表达了作者自己和戍边将士们的内心感情，读起来真切感人。

71.满江红

【宋】 岳飞

怒发冲冠①，凭栏处、潇潇②雨歇。抬望眼，仰天长啸③，壮怀激烈。三十功名尘与土，八千里路云和月④。莫等闲⑤，白了少年头，空悲切！

靖康耻⑥，犹未雪。臣子恨，何时灭！驾长车，踏破贺兰山⑦缺。壮志饥餐胡虏⑧肉，笑谈渴饮匈奴血。待从头、收拾旧山河，朝天阙⑨。

注释：

①怒发冲冠：气得头发竖起，以至于将帽子顶起，形容愤怒至极。冠是指帽子而不是头发竖起。

②潇潇：形容雨势急骤。

③长啸：感情激动时撮口发出清而长的声音，为古人的一种抒情举动。

④三十功名尘与土：年已三十，建立了一些功名，但微不足道。八千里路云和月：形容南征北战、路途遥远、披星戴月。

⑤等闲：轻易，随便。

⑥靖康耻：宋钦宗靖康二年（1127年），金兵攻陷汴京，虏走徽、钦二帝。

⑦贺兰山：贺兰山脉位于宁夏回族自治区与内蒙古自治区交界处。

⑧胡虏：对女真贵族入侵者的蔑称。

⑨天阙：本指宫殿前的楼观，此指皇帝生活的地方。朝天阙：朝见皇帝。

作者简介：

岳飞（1103—1142），字鹏举，宋相州汤阴县永和乡孝悌里（今河南省安阳市汤阴县程岗村）人，中国历史上著名的军事家、战略家、民族英雄，位列南宋中兴四将之首。岳飞是南宋最杰出的统帅，他重视人民抗金力量，缔造了"连结河朔"之谋，主张黄河以北的抗金义军和宋军互相配合，夹击金军，以收复失地。岳飞的文学才华也是将帅中少有的，他的不朽词作《满江红》是千古传诵的爱国名篇。葬于西湖畔栖霞岭。

译文：

我愤怒得头发竖了起来，帽子被顶飞了。独自登高凭栏远眺，骤急的风雨刚刚停歇。抬头远望天空，禁不住仰天长啸，一片报国之心充满心怀。三十多年来虽已建立一些功名，但如同尘土微不足道，南北转战八千里，经过多少风云人生。好男儿，要抓紧时间为国建功立业，不要空空将青春消磨，等年老时徒自悲切。

靖康之变的耻辱，至今仍然没有被雪洗。作为国家臣子的愤恨，何时才能泯灭！我要驾着战车向贺兰山进攻，连贺兰山也要踏为平地。我满怀壮志，打仗饿了就吃敌人的肉，谈笑渴了就喝敌人的鲜血。待我重新收复旧日山河，再带着捷报向国家报告胜利的消息！

创作背景：

　　该诗的创作时间，第一种说法：岳飞第一次北伐，即岳飞30岁出头时。第二种说法：1136年（绍兴六年）。绍兴六年，岳飞第二次出师北伐，他很快发现自己孤军深入，既无援兵，又无粮草，不得不撤回鄂州（今湖北武昌）。此次北伐，岳飞壮志未酬，镇守鄂州时写下了千古绝唱的名词《满江红》。第三种说法：《满江红》创作的具体时间应该是在岳飞入狱前不久。

《仙桃图》

张宝松 作

72.夜上受降城①闻笛

【唐】 李益

回乐峰②前沙似雪，

受降城下③月如霜。

不知何处吹芦管④，

一夜征人尽⑤望乡。

注释：

①受降城：唐初名将张仁愿为了防御突厥，在黄河以北筑受降城，分东、中、西三城，都在今内蒙古自治区境内。另有一种说法是：公元646年（贞观二十年），唐太宗亲临灵州接受突厥一部的投降，"受降城"之名即由此而来。

②回乐峰：唐代有回乐县，灵州治所，在今宁夏回族自治区灵武县西南。回乐峰即当地山峰。一作"回乐烽"，指回乐县附近的烽火台。

③城下：一作"城上"，一作"城外"。

④芦管：笛子。一作"芦笛"。

⑤征人：戍边的将士。尽：全。

译文：

回乐峰前的沙地白得像雪，受降城外的月色犹如秋霜。

不知何处吹起凄凉的芦管，一夜间征人个个眺望故乡。

创作背景：

这是一首抒写戍边将士乡情的诗作。这首诗最大的特点是蕴藉含蓄，将所要抒发的感情蕴涵在对景物和情态的描写之中。诗的开头两句，写登城时所见的月下景色。如霜的月光和月下雪一般的沙漠，正是触发征人乡思的典型环境。环境的描写之中现出人物的感受。在这万籁俱寂的静夜里，夜风送来了凄凉幽怨的芦笛声，更加唤起了征人望乡之情。"一夜征人尽望乡"，不说思乡，不说盼归，而是以人物的情态行为展现其心理，写出了人物不尽的乡愁。

73.望月怀远

【唐】 张九龄

海上生明月，天涯共此时。

情人①怨遥夜②，竟夕③起相思。

灭烛怜光满④，披衣觉露滋⑤。

不堪盈手⑥赠，还寝梦佳期。

注释：

①情人：多情的人，指作者自己；一说指亲人。

②遥夜：长夜。怨遥夜：因离别而幽怨失眠，以至抱怨夜长。

③竟夕：终宵，即一整夜。

④怜：爱。怜光满：爱惜满屋的月光。

⑤滋：湿润。

⑥盈手：双手捧满之意。

作者简介：

张九龄（678—740），唐开元尚书丞相，诗人。字子寿，一名博物。汉族，韶州曲江（今广东省韶关市）人。长安年间进士。官至中书侍郎同中书门下平章事。后罢相，为荆州长史。诗风清淡。有《曲江集》。他是一位有胆识、有远见的著名政治家、文学家。他忠耿尽职，秉公守则，直言敢谏，选贤任能，不徇私枉法，不趋炎附势，敢与恶势力作斗争，为"开元之治"做出了积极贡献。他的五言古诗，以素练质朴的语言，寄托深远的人生慨望，对扫除唐初所沿袭的六朝绮靡诗风，贡献尤大。被誉为"岭南第一人"。

译文：

茫茫的海上升起一轮明月，你我相隔天涯却共赏月亮。

多情的人都怨恨月夜漫长，整夜里不眠而把亲人怀想。

熄灭蜡烛怜爱这满屋月光，我披衣徘徊深感夜露寒凉。

不能把美好的月色捧给你，只望能够与你相见在梦乡。

创作背景：

公元733年（唐玄宗开元二十一年），在朝中任宰相的张九龄遭奸相李林甫诽谤排挤后，于开元二十四年（736年）罢相。《望月怀远》这首诗应就写于开元二十四年张九龄遭贬荆州长史以后，同《感遇十二首》应该属于同一时期的作品。

《碧荷》

张宝松 作

74.和李秀才边庭四时怨·其四

【唐】卢汝弼

朔风①吹雪透刀瘢，

饮马长城窟更寒。

半夜火来知有敌，

一时②齐保贺兰山。

注释：

①朔风：冬天的风，寒风。

②一时：即时，立刻。

作者简介：

卢汝弼，字子谐，范阳人。景福进士。登进士第，以祠部员外郎、知制诰，从昭宗迁洛。后依李克用，克用表为节度副使。其诗语言精丽清婉，辞多悲气。今存诗八首（《才调集》作卢弼），皆是佳作，尤以《秋夕寓居精舍书事》和《和李秀才边庭四时怨》（其四）两首为最善。《秋夕寓居精舍书事》写秋日乡思，依情取景所取景物包括"苔阶叶""满城杵""蟏蛸网""蟋蟀声"等，以景衬情，写得情景交融，感人至深。《和李秀才边庭四时怨》写边庭生活，一片悲气弥漫之中又含着雄壮，十分动人心魄。

译文：

寒风吹来，夹杂着飘雪，凛冽如刀割一般；骑着战马在长城窟饮水，更加严寒。半夜里烽火升起，将士们都知道有敌人来侵犯，立刻冲锋上前线，决心要保卫贺兰山。

诗词赏析：

这首诗写的是边庭夜警、卫戍将士奋起守土保国。描写边塞风光和边地征战的作品，在唐诗中屡见不鲜。早在盛唐时期，高适、岑参、李颀等人就以写这一方面的题材而闻名于世，形成了著名的所谓"边塞诗派"，以后的一些诗人也屡有创作。但这组小诗，却能在写同类生活和主题的作品中，做到"语意新奇，韵格超绝"（明胡应麟《诗薮·内编》卷六评此组诗语），不落俗套，这是值得赞叹的。

"朔风吹雪透刀瘢"，北地严寒，风雪凛冽，这是许多边塞诗都曾写过的，所谓"九月天山风似刀"（岑参），所谓"雨雪纷纷连大漠"（李颀），再夸张些说"燕山雪花大如席"（李白），"随风满地石乱走"（岑参），但总还没有风吹飞雪，雪借风势，用穿透刀瘢这样的形容使人来得印象深刻。边疆将士身经百战，留下累累瘢痕，如王昌龄所写："不信沙场苦，君看刀箭瘢。"其艰险痛苦情形栩栩如生；而这首小诗却写负伤过的将士仍在守戍的岗位上继续冲风冒雪，又不是单就风雪本身来描写，而是说从已有的刀瘢处透进去，加倍写出戍边将士的艰辛。次句"饮马长城窟更寒"，是由古乐府"饮马长城窟，水寒伤马骨"句化来，加一"更"字，以增其"寒"字的分量。这两句对北地的严寒做了极致的形容，为下文蓄势。

"半夜火来知有敌"，是说烽火夜燃，响起敌人夜袭的警报。结句"一时齐保贺兰山"，是这首小诗的诗意所在。"一时"，犹言同时，无先后；"齐"，犹言共同，无例外，形容闻警后将士们在极困难的自然条件下，团结一致、共同抗敌的英雄气概。全诗格调急促高昂，写艰苦，是为了表现将士们的不畏艰苦；题名为"怨"，而毫无边怨哀叹之情。这是一首歌唱英雄主义、充满积极乐观精神的小诗。

75.塞下曲

【唐】 王昌龄

蝉鸣空桑林①，八月萧关②道。

出塞入塞寒③，处处黄芦草。

从来幽并④客，皆共沙尘⑤老。

莫学游侠儿⑥，矜⑦夸紫骝⑧好。

驿路长歌

218

注释：

①空桑林：桑林因秋来落叶而变得空旷、稀疏。

②萧关：宁夏古关塞名。

③入塞寒：一作"复入塞"。

④幽并：幽州和并州，今河北、山西和陕西一部分。

⑤共沙尘：一作"向沙场""共尘沙"。

⑥游侠儿：都市游侠少年。

⑦矜：自夸。

⑧紫骝：紫红色的骏马。

译文：

> 知了在枯秃的桑林鸣叫，八月的萧关道气爽秋高。
>
> 出塞后再入塞气候变冷，关内关外尽是黄黄芦草。
>
> 自古来河北山西的豪杰，都与尘土黄沙伴随到老。
>
> 莫学那自恃勇武游侠儿，自命不凡地把骏马夸耀。

诗词赏析：

唐代边事频仍，其中有抵御外族入侵的战争，也有许多拓地开边的非正义战争。这些战事给国家造成了沉重的负担，给人民带来了极大的痛苦。无休止地穷兵黩武，主要由于统治者的好大喜功，同时也有统治者煽动起来的某些人的战争狂热作祟。这首小诗，显然是对后者的告诫。

这首诗可分前后两层意思。前四句为第一层，描绘边塞的秋景。作品所写是"八月萧关道"的景象，但诗人首先描绘的则是一幅内地的秋色图："蝉鸣空桑林"，绿色的桑林叶落权疏，显得冷落而萧条，又加之寒蝉的鸣叫，更寒意大起，诗中的主人公就在这样的季节踏上奔赴萧关的道路，走出一个关塞又进入另外一个关塞，边塞的景色就更为凄凉不堪了：他看到的只是"处处黄芦草"。诗人先以内地的秋景为衬垫，进而将边塞的秋景描写得苍凉之极，其用意在于暗示战争的残酷和表达诗人对此的厌恶之情。

"从来幽并客，皆共沙尘老"，与王翰的"醉卧沙场君莫笑，古来征战几人回"，可谓英雄所见，异曲同工，感人至深。幽州和并州都是唐代边塞之地，也是许多读书人"功名只向马上取""宁为百夫长，胜作一书生"追逐名利的地方。然而，诗人从这些满怀宏图大志的年轻人身上看到的却是"皆共沙尘老"的无奈结局。末两句，以对比作结，通过对自恃勇武，炫耀紫骝善于驰骋，耀武扬威地游荡，甚至惹是生非而扰民的所谓游侠的讽刺，深刻地表达了作者对于战争的厌恶，对于和平生活的向往。前面讲"幽并客"的时候，作者还没有什么贬义，字里行间隐约可见对于献身沙场壮士的惋惜之情。用"游侠儿"来形容那些只知道夸耀自己养有良马的市井无赖，作者的反战情绪有了更深层次的表达。

此诗写边塞秋景，有慷慨悲凉的建安遗韵；写戍边征人，又有汉乐府直抒胸臆的哀怨之情；讽喻市井游侠，又表现了唐代锦衣少年的浮夸风气。

76.逢入京使①

【唐】 岑参

故园东望路漫漫②，

双袖龙钟③泪不干。

马上相逢无纸笔，

凭君传语④报平安。

注释：

①入京使：进京的使者。

②故园：指长安和自己在长安的家。漫漫：形容路途十分遥远。

③龙钟：涕泪淋漓的样子。卞和《退怨之歌》："空山歔欷泪龙钟。"这里是沾湿的意思。

④凭：托，烦，请。传语：捎口信。

译文：

向东遥望长安家园路途遥远，思乡之泪沾湿双袖难擦干。

在马上匆匆相逢没有纸笔写书信，只有托你捎个口信，给家人报平安。

创作背景：

根据刘开扬《岑参诗集编年笺注·岑参年谱》，此诗作于公元749年（天宝八载）诗人赴安西（今新疆维吾尔自治区库车县）上任途中。这是岑参第一次远赴西域，充安西节度使高仙芝幕府书记。此时诗人34岁，前半生功名不如意，无奈之下，出塞任职。他告别了在长安的妻子，跃马踏上漫漫征途，西出阳关，奔赴安西。

岑参也不知走了多少天，就在通西域的大路上，他忽地迎面碰见一位老相识。立马而谈，互叙寒温，知道对方要返京述职，不免有些感伤，同时想到请他捎封家信回长安去安慰家人，报个平安。此诗就描写了这一情景。

《桃实图》

张宝松　作

77. 碛^①中作

【唐】 岑参

走马^②西来欲到天，

辞家^③见月两回圆^④。

今夜不知何处宿，

平沙^⑤万里绝^⑥人烟^⑦。

注释：

①碛（qì）：沙石地，沙漠。这里指银山碛，又名银山，在今新疆库木什附近。

②走马：骑马。

③辞家：告别家乡，离开家乡。

④见月两回圆：表示两个月。月亮在每月十五圆一次。

⑤平沙：平坦广阔的沙漠、大漠。

⑥绝：没有。

⑦人烟：住户的炊烟，泛指有人居住的地方。

译文：

骑马西行几乎来到天边，离开家乡将近两月。

在这荒无人烟的沙漠中，我今夜又该在哪里住宿呢？

创作背景：

这首诗与《逢入京使》写作时间相近，约写于唐玄宗天宝八载（749年）岑参第一次从军西征时。"碛中作"，即在大沙漠中作此诗。从"辞家见月两回圆"的诗句看，岑参离开长安已近两个月了。宿营在广袤无垠的大沙漠之中，正巧又遇上十五的月亮，遂写下了这首绝句。

78. 赵将军①歌

【唐】 岑参

九月天山风似刀，

城南猎马②缩寒毛。

将军纵博③场场胜，

赌得单于貂鼠袍④。

注释：

①赵将军：未详。闻一多考证认为是疏勒守捉使赵宗玼，后继封常清任北庭节度使。

②城南：庭州城南郊野。猎马：出猎的马。

③纵：放任自己。博：这里指古代军中较量骑射和勇力的一种游戏。

④貂（diāo）鼠袍：用貂鼠皮做成的暖裘。貂鼠：即貂，体细长，色黄或紫黑，皮毛极轻暖珍贵。

译文：

九月的天山脚下寒风似刀，城南出猎的马儿缩着寒毛。

赵将军比赛骑射场场获胜，赢得那单于穿的貂鼠皮袍。

诗词赏析：

诗一开头先展现了一幅寒风凛冽的边塞图。深秋时分，在寒冷的天山脚下，北风夹着严寒，犹如利刀一般砭人肌骨。这里用"似刀"来渲染寒风刺骨，风之劲急，天气之严寒，把"风似刀"和"九月"联系起来，形成反差，这样，将边塞生活环境就渲染得更艰苦了。"九月"于中原来说，正是秋高气爽之时，边塞却已是"风似刀"了。"城南"一句，写很能耐寒的猎马在寒风中冻得缩缩瑟瑟，进一步将寒风凛冽的气氛从效应上做了生动的渲染。

这两句诗，还没有正面写赵将军，只是渲染环境、渲染气氛，为赵将军的活动，描绘了一个无比艰苦的环境，以衬托赵将军的威武英勇。

后两句构思巧妙，比喻新颖。诗人用赌博来比喻战斗，手法新颖。岑参在诗中以"纵"来形容"博"，可以使人想象赵将军豪放的英雄气概。苦斗沙场，何等艰辛，而赵将军纵情驰骋于其中，视之如同方桌上的一场赌博游戏，表现出无比豪迈的气魄。"场场胜""赌得""貂鼠袍"，显得如此轻松、潇洒。这里，作者似乎展现了赵将军手提大刀，刀尖挑着单于的貂袍拍马而回的轻盈身影。这里所写同前两句严寒艰苦的环境联系起来，在如此艰难的环境下，却赢得如此轻松潇洒自如，赵将军的英勇善战就得到了完美的表现。全诗语言朴素生动，场面旷远开阔，情调欢乐昂扬。

《天香一品》

张宝松 作

79.暮秋山行

【唐】 岑参

疲马卧长坂①，夕阳下通津。

山风吹空林，飒飒②如有人。

苍旻③霁凉雨，石路无飞尘。

千念集暮节，万籁悲萧辰④。

鹈鴃⑤昨夜鸣，蕙⑥草色已陈。

况在远行客，自然多苦辛。

注释：

①长坂：长长的山坡上。

②飒飒：风声。

③旻：天空。此处指秋季的天。

④悲萧辰：悲怆愁闷。

⑤鹈鴃(tí jué)：杜鹃鸟。

⑥蕙（huì）：香草名，又名薰草、零陵香。

译文：

　　疲惫的马儿歇卧在野山坡上，太阳已经落到渡口的水面上。山中的秋风吹进空寂的树林飒飒作响，发出沙沙的声音好像有人在树林中走动。冰凉的秋雨过后，天空显得更加寂寥空旷，青石路面被洗刷得一尘不染。千万种念头都在这傍晚出现在脑海，万物的声音都在萧瑟的清晨悲鸣。杜鹃昨晚还在鸣叫，蕙草已经开始枯萎。何况我这远行的异乡人，自然就会有很多艰苦的辛酸。

创作背景：

　　《暮秋山行》是唐代诗人岑参所作的一首五言。

　　此诗是作者在暮秋时节，独步山林时有感而作。诗中描绘了暮秋的景色，突出了山林的空寂，也映衬了作者倦于仕途奔波的空虚惆怅的心境。语言清新自然，描绘生动传神，构思新奇巧妙，意境幽远凄清。

80.宿铁关①西馆

【唐】 岑参

马汗踏成泥，朝驰几万蹄。

雪中行地角②，火处宿天倪③。

塞迥④心常怯，乡遥梦亦迷。

那知⑤故园月，也到铁关西。

注释：

①铁关：即铁门关，中国古代二十六名关之一，在焉耆以西五十里，为一长长的石峡，两崖壁立，其口有门，色如铁，形势险要。

②地角：地之角，地的尽头，形容已走至西边极远处。

③火处：火山。一说为灯火通明处。天倪：自然的分际。

④迥（jiǒng）：远。

⑤那知：哪知。

译文：

> 马汗落地踏成稀泥，清晨驰过几万马蹄，
> 雪中来到大地边缘，靠近火山宿昔天际。
> 边塞遥遥心常畏怯，故乡万里归梦迷迷。
> 谁知今夜故乡明月，随我来到铁关以西。

创作背景：

唐玄宗天宝八载（749年），岑参抱着建功立业的志向，离开京师长安赴安西都护府上任。途中，岑参在铁门关客舍中投宿。岑参首次出塞，写过许多描绘边塞生活、抒发怀乡之情的优秀作品。这首诗就是其中的一篇，写千里行军途中对故园的怀念。

81. 首秋①轮台②

【唐】 岑参

异域阴山③外，孤城雪海④边。

秋来唯有雁，夏尽不闻蝉。

雨拂毡墙⑤湿，风摇毳幕⑥膻。

轮台万里地，无事历三年。

注释：

①首秋：初秋之意，为阴历七月。

②轮台：今轮台县，地处新疆巴音郭楞蒙古自治州西部、天山南麓、塔里木盆地北缘，是古西域都护府所在地。

③阴山：今乌鲁木齐以东之天山东段山脉。

④雪海：浩瀚之沙漠雪原，为当时轮台北面之沙海。

⑤毡墙：毡帐之围墙。

⑥毳幕：毡帐。

译文：

　　身居异域在那阴山西面，轮台孤战位于雷海旁边。秋季已到，只见行行飞雁；夏日刚过，不闻声声鸣蝉。秋雨时时打得毡墙潮湿，秋风阵阵吹过帐幕，帐幕发出鸟兽的腥臊味。轮台之地距离家乡万里，戍边将士们在此偏远荒蛮之地度过了无事的三年！

创作背景：

　　《首秋轮台》作于公元756年（唐肃宗至德元年）初秋，岑参是年40岁，距第二次赴北庭整三年。公元756年秋，岑参在西域北庭已度过三年时光。第二年，岑参回到内地凤翔，经杜甫等举荐，授右补阙。根据上述时间推算，岑参作《首秋轮台》之时，应该是已经做好了返回内地之准备，因此，诗歌短短五言八句，却似总结西域生活一般，使人读之，即可感受西域之生活情形。需要说明，很多专家认为，唐时候轮台虽隶属于北庭都护府，但在岑参之诗歌当中，北庭与轮台为相互包含之两个地名，读岑参诗过程中，此两地方之名称是互相适用的。

《东园竹》　　　　　　　　　　　张宝松　作

82.经火山

【唐】 岑参

火山①今始见，突兀蒲昌②东。

赤焰烧虏云③，炎氛④蒸塞空。

不知阴阳炭⑤，何独烧此中？

我来严冬时，山下多炎风⑥。

人马尽汗流，孰⑦知造化⑧工！

注释：

①火山：火焰山，在今新疆吐鲁番盆地北部。

②突兀：高耸貌。蒲昌：唐代县名，贞观十四年（640年）平高昌以

其东镇城置，在今新疆鄯善。

③虏云：指西北少数民族地区上空的云。

④炎氛：热气；暑气。

⑤阴阳炭：即指由阴阳二气结合的熔铸万物的原动力。

⑥炎风：热风。

⑦孰：谁。

⑧造化：自然界的创造者。亦指自然。

译文：

久已听说的火山今日才见到，它高高地矗立在蒲昌县东。

赤色的火焰烧红了胡天的云，炎热的气流蒸腾在边塞上空。

不知道由阴阳二气构成的热能，为什么独独燃烧在这座山中？

我在严冬时节里来到这里，山下仍然是一阵阵热风。

人和马都热得汗流浃背，谁能探究大自然的奥妙无穷？

创作背景：

此诗当作于唐玄宗天宝九载（750年），岑参初次出塞经过火焰山之时。天宝八载（749年），岑参抱着建功立业的志向，离开京师长安，赴安西上任，大约次年途经蒲昌（今新疆鄯善）。当时火焰山横亘眼前，烈焰飞腾，奇景壮丽，激起了这位边塞诗人的满怀豪情，因此创作了这首《经火山》。

83.火山云歌送别

【唐】 岑参

火山①突兀赤亭②口，火山五月火云③厚。

火云满山凝未开，飞鸟千里不敢来。

平明乍逐胡风④断，薄暮浑随⑤塞雨回。

缭绕⑥斜吞铁关树，氛氲⑦半掩交河戍⑧。

迢迢征路火山东，山上孤云随马去。

注释：

①火山：指火焰山，在今新疆，横亘于吐鲁番盆地的北部，西起吐鲁番，东至鄯善县境内，全长160公里。火焰山主要由红砂岩构成，在夏季炎热的阳光照耀下，红色砂岩熠熠发光，犹如阵阵烈焰升腾，故名火焰山。

②突兀：高耸的样子。赤亭：即今火焰山的胜金口，在今鄯善县七克台镇境内，为鄯善到吐鲁番的交通要道。

③火云：炽热的赤色云。

④乍：突然。逐：随着。胡风：西域边地的风。

⑤薄暮：接近天黑时。浑：还是。

⑥缭绕：回环旋转的样子。

⑦氛氲：浓厚茂盛的样子。

⑧戍：戍楼。

译文：

> 火山高高耸立在赤亭口，五月的火山上空火云厚。
>
> 火云铺山盖岭凝滞不开，方圆千里鸟儿不敢飞来。
>
> 火云清晨刚被胡风吹断，到傍晚又随着塞雨转回。
>
> 回环缭绕吞没了铁关树，蒸腾弥漫半掩了交河戍。
>
> 你迢迢征途在那火山东，山上孤云将随你向东去。

创作背景：

诗人曾两次出塞，边疆的风沙草石和火山冰雪磨砺了他的意志，军中生活的粗犷豪迈锤炼了他的性格，所以他能临别不伤，通过歌咏塞外特有的奇丽不凡的景色为对方壮行。

这首诗载于《全唐诗》卷一百九十九，是一首送别之作。在这首诗中，"云"是诗人歌咏的对象，也是贯穿全诗的线索。既有静态的描摹，又有动态的刻画；既有时间的纵向变化，又有空间的横向展开。对火山云的描写便可告一段落，结尾二句自然归结到送别上来。第九句"火山"二字轻轻收束前八句，使得对火山云的描写实际上成了描写送别的环境背景，路途遥遥，行路艰难——对行人的关怀之情全部包括在"迢迢"二字之中。最后一句不出现人，孤云独马的意象却让人想见军士塞外相别的独特场景，以及军人的骁勇剽悍。

84. 别董大^①

【唐】 高适

千里黄云^②白日曛^③，

北风吹雁雪纷纷。

莫愁前路无知己，

天下谁人^④不识君^⑤。

注释：

①董大：指董庭兰，是当时有名的音乐家。在其兄弟中排名第一，故称"董大"。

②黄云：天上的乌云，在阳光下，乌云是暗黄色的，所以叫黄云。

③曛：昏暗。白日曛：太阳黯淡无光。

④谁人：哪个人。

⑤君：你，这里指董大。

译文：

千里黄云遮天蔽日，天气阴沉，北风送走雁群，又吹来纷扬大雪。

不要担心前路茫茫没有知己，天下还有谁不认识你呢？

创作背景：

公元747年（唐玄宗天宝六年）春天，吏部尚书房琯被贬出朝，门客董庭兰也离开长安。是年冬，董庭兰与高适会于睢阳（故址在今河南省商丘市南），高适写了《别董大二首》。

驿路长歌

85.从军行①

【唐】 王昌龄

青海②长云暗雪山③，

孤城遥望玉门关。

黄沙百战穿④金甲⑤，

不破楼兰⑥终不还。

注释：

①从军行：乐府旧题，内容多写军队战争之事。

②青海：指青海湖。

③雪山：这里指甘肃省的祁连山。

④穿：磨破。

⑤金甲：战衣，金属制的铠甲。

⑥楼兰：汉代西域国名，这里泛指当时骚扰西北边疆的敌人。

译文：

青海上空的阴云遮暗了雪山，站在孤城遥望着远方的玉门关。

塞外将士身经百战磨穿了盔和甲，不打败西部的敌人誓不回还。

创作背景：

盛唐时期，国力强盛，君主锐意进取、卫边拓土，人们渴望在这个时代崭露头角、有所作为。武将把一腔热血洒向沙场建功立业，诗人则为伟大的时代精神所感染，用他沉雄悲壮的豪情，谱写了一曲曲雄浑磅礴、瑰丽壮美的诗篇。《从军行》就是盛唐诗人王昌龄采用乐府旧题写的此类边塞诗。

《碧天云山》 张宝松 作

86.浣溪沙·万里阴山^①万里沙

【清】 纳兰性德

万里阴山万里沙。谁将绿鬓斗霜华^②。年来强半^③在天涯。
魂梦不离金屈戌^④，画图亲展玉鸦叉^⑤。生怜^⑥瘦减一分花。

注释：

①阴山：今河套以北、大漠以南诸山的统称。《史记·秦始皇纪》：
"自榆中并河以东，属之阴山。"王昌龄《出塞》："但使龙城飞将在，不教
胡马度阴山。"

②绿鬓：谓乌黑发亮的头发。古人常借绿、翠等形容头发的颜色。
斗：斗取，即对着。霜华：谓白发。《四时子夜歌·冬歌》："感时为欢久，
白发绿鬓生。"此句是说，是谁使乌黑的头发变成了白色。

③强半：大半、过半。杜牧《池州贵池亭》："蜀江雪浪西江满，强半
春寒去却来。"

④屈戌：门窗上的环钮、搭扣。金屈戌：金饰（即铜制）脚屈戌，代
指梦中思念的家园。明陶宗仪《辍耕录·屈戌》："今人家窗户设铰具，或
铁国铜，名曰环纽，即古金铺之遗意，北方谓之屈戌，其称甚古。"李商
隐《骄儿》："凝走弄香奁，拔脱金屈戌。"屈戌又作"屈戌"。

⑤玉鸦叉：即玉丫杈。丫杈：本为树枝分叉之处，后泛指交叉形象的
首饰。这里谓"玉鸦叉"是借指闺里人之容貌。李商隐《病中闻河东公乐
营置酒口占寄上》："锁门金了鸟，展幛玉鸦叉。"

⑥生怜：谓看着画图上她那消瘦的身影而生起怜惜之情。生怜，可怜。

作者简介:

　　纳兰性德,字容若,原名成德(1655—1685),满族正黄旗人,号楞伽山人,家世显赫,清康熙大学士明珠之子。纳兰性德自幼勤于修文习武,18岁中举,22岁赐进士出身。选授三等侍卫,后晋为一等,扈从于康熙身边。辑有《全唐诗选》和《词韵正略》。词集《侧帽集》问世,时年仅24岁。另有《饮水词》《通志堂集》。擅书法,精于书画鉴赏。纳兰性德性澹泊,视功名权势如敝屣,视相府长子、御前侍卫的地位为难以解脱的束缚。纳兰性德在清初词坛上独树一帜,词风格近李煜,有清李后主之称。所写词清丽婉约,哀感顽艳,格高韵远,独具特色。

译文:

　　没有楚天千里清秋,没有执手相看泪眼,只有阴山,胡马难度的阴山。这里,大漠孤烟直,长河落日圆。这里,猎猎的风,将你的寸寸青丝吹成缕缕白发。岁岁年年,你望见的是连绵千万里的黄沙。黄沙的尽头,闺中的她管你叫天涯。魂牵梦绕中,你将她翩翩的画像打开。一遍遍回想,她的温柔、她的笑,直到地老天荒,直到那些离别和失望的伤痛已发不出声音来了。

诗词赏析:

　　这是一首边塞行吟咏叹的词,表达了词人在荒凉的异地对人生的哀怜,也透露出纳兰性德自身对于官场的厌倦。纳兰性德面对着连绵的阴山与漫天的黄沙,满头青丝怎能不迅速花白。于是，睡梦之中，他不免魂飞故里，重又看到了家中金碧辉煌的屈戍。恍惚中，头戴玉鸦叉的妻子在缓缓地展开画轴（或许那上面正画着她日夜所思之人），那花容似乎因思念瘦损了很多，令人油然生出怜惜之情。

词中，第一句中的"阴山"是汉胡分别的地理标志，中原与蛮荒的分野处，文明与野蛮的交汇点，也因此，在这儿的读书人，尤其是汉文化影响下的读书人，都会有一种极强烈的失落感，无端而起怅惘。这是一种丧失归属感的表现，也是纳兰性德每次出使途中所写词作蕴含的典型心理。

上片写现实边塞之景，下片写梦中家居之景。阅读这首词时，纳兰的情之真、意之切如在目前。他通过刻画边塞之景，将塞外的荒凉和自己内心的凄怆合二为一，凄凉中透着一种历史的厚重感和今古之悲。

驿路长歌

87.采桑子·九日①

【清】 纳兰性德

深秋绝塞②谁相忆，木叶③萧④萧。乡路迢迢⑤。六曲屏山和梦遥⑥。

佳时倍惜风光别，不为登高⑦。只觉魂销⑧。南雁归时更寂寥。

注释：

①九日：即农历九月九日，是为重阳节。逢此日，古人要登高饮菊花酒，插茱萸，与亲人团聚。

②绝塞：极遥远之边塞。

③木叶：木叶即为树叶，在古典诗歌中特指落叶。

④萧：风声；草木摇落声。

⑤迢迢（tiáo）：形容遥远。

⑥六曲屏山：曲折之屏风。因屏风曲折若重山叠嶂，或谓屏风上绘有山水图画等，故称"屏山"。此处代指家园。这句是说，故乡那么遥远，只有在梦中才能见到她。

⑦登高：重阳有登高之俗。

⑧魂销：极度悲伤。

译文：

深秋时分，在这遥远的边塞，有谁还记得我？树叶被风吹得沙沙作响。返乡之路千里迢迢。家和梦一样遥不可及。重阳佳节，故园风光正好，离愁倍增，不愿登高远望。只觉心中悲伤不已，当鸿雁南归之际，将更加冷落凄凉。

诗词赏析：

词的上片由景起，写绝塞秋深，一片肃杀萧索景象，渲染了凄清冷寂的氛围。过片点明佳节思亲之意，结句又承之以景，借雁南归而烘托、反衬出此刻的寂寥伤情的苦况。

上片写秋光秋色，落笔壮阔，"六曲屏山和梦遥"点出边塞山势回环，路途漫长难行，遥应了"绝塞"一词，亦将眼前山色和梦联系起来，相思变得流水一样生动婉转，意境深广。下片更翻王维诗意，道出了"不为登高。只觉魂销"这样仿佛雨打残荷般清凉警心的句子，轻描淡写地将王维诗意化解为词意，似有若无，如此恰到好处。结句亦如南雁远飞般空旷，余意不尽。大雁可自由地飞回家乡，人却在这深秋绝塞路上渐行渐远。愁情沁体，心思深处，魂不堪重负，久久不消散。

"不为登高。只觉魂销"一句，词中有诗的意境。也非是用词这种格式流水潺潺地表达，换另一种都不会如此完美。"青山隐隐水迢迢，秋尽江南草未凋"是杜牧诗中意境；"遥知兄弟登高处，遍插茱萸少一人"是王维诗中景象。而今，这一切尽归容若。容若此词，看似平淡，其实抬手间已化尽前人血骨。

纳兰容若一向柔情细腻，这阕《采桑子》却写得十分简练壮阔，将边塞秋景和旅人的秋思完美地结合起来。仅用廖廖数十字写透了天涯羁客的悲苦，十分利落。

《月光》 张宝松 作

88. 逢病军人①

【唐】 卢纶

行多有病②住无粮，

万里还乡未到乡。

蓬鬓哀吟③长城④下，

不堪⑤秋气⑥入金疮⑦。

注释：

①病军人：受伤的兵士。

②行多：指行路多，这里指行程长。有病：一作"无方"。

③蓬鬓（bìn）：散乱的头发。鬓：头发。吟：呻吟。

④长城：古城墙。

⑤不堪：不能忍受。

⑥秋气：秋天的寒风。

⑦金疮（chuāng）：中医指刀箭等金属器械造成的伤口。

译文：

受伤的军人在返乡途中没有粮食，饿着肚子赶路，想回到家乡，可家乡还在万里之外。

他头发蓬乱，在古城下哀吟，身上的刀箭伤口被寒风一吹，如刀割一般，实在令人难以忍受。

诗词赏析：

诗人游塞北时，偶遇一个在返乡途中的患病军人，联想到伤兵退伍的命运，遂写下了这首诗。

此诗写一个伤病退伍、还乡途中的军人，从诗题看，可能是以作者目睹的生活事件为依据。诗人用集中描画、加倍渲染的手法，着重塑造人物的形象。诗中的这个伤兵退伍后，很快就发觉等待着他的仍是悲惨的命运。"行多"，已不免疲乏；加之"有病"，让赶路的人就越发难堪了。病不能行，便引出"住"意。然而住又谈何容易，离军即断了给养，长途跋涉中，干粮已尽。"无粮"的境况下多耽一天，便多受一天罪。第一句只短短七字，写出"病军人"的三重不堪，将其行住两难、进退无路的凄惨处境和盘托出，这就是"加倍"手法的妙用。第二句承上句"行"字，进一步写人物处境。分为两层。"万里还乡"是"病军人"的目的和希望。尽管家乡也不会有好运等着他，但狐死首丘，叶落归根，对于"病军人"不过是得愿死于乡里而已。虽然"行多"，但家乡远隔万里，未行之途必更多。就连死于乡里那种可怜的愿望怕也难以实现。这就使"未到乡"三字充满难言的悲愤、哀怨，令读者为之酸鼻。这里，"万里还乡"是不幸之幸，对于诗情是一纵；然而"未到乡"，又是"喜"尽悲来，对于诗情是一擒。这种擒纵之致，使诗句读来一唱三叹，低回不尽。

诗的前两句未直接写人物外貌。只闻其声，不见其人。然而由于加倍渲染与唱叹，人物形象已呼之欲出。在前两句铺垫的基础上，第三句进而刻画人物外貌，就更鲜明突出，有如雕像被安置在适当的环境中。"蓬鬓"二字，极生动地再现出一个疲病冻饿、受尽折磨的人物形象。"哀吟"直接是因为病饿，尤其是因为创伤发作。"病军人"负过伤（"金疮"），适逢"秋气"已至，气候变坏，于是旧伤复发。从这里又可知道其衣着的单薄、破敝，不能御寒。于是，第四句又写出了三重"不堪"。此外还有一层未曾明白写出而读者不难意会，那就是"病军人"常恐死于道路、弃骨他乡的内心绝望的痛苦。正由于有交加于身心两方面的痛苦，才使其"哀吟"令人不忍卒闻。这样一个"蓬鬓哀吟"的伤兵形象，作者巧妙地把他放在一个"古城"的背景下，其形容的憔悴、处境的孤凄，无异十倍加。使人感到他随时都可能像蚂蚁一样在城边死去。

这样，通过加倍手法，有人物刻画，也有背景的烘托，把"病军人"饥、寒、疲、病、伤的苦难集中展现，客观上是在控诉社会，也流露出诗人对笔下人物的深切同情。

89. 和张仆射塞下曲·其四

【唐】 卢纶

野幕敞①琼筵②，
羌戎贺劳旋。
醉和金甲舞，
雷鼓③动山川。

注释：

①敞：一本作"蔽"。

②琼筵：盛宴。

③雷鼓：即"擂鼓"。

译文：

在野外天幕下设下劳军盛宴，边疆兄弟民族都来祝贺我军凯旋。

喝醉酒后还要和着金甲跳舞，欢腾的擂鼓声震动了周围的山川。

创作背景：

卢纶早年多次应举不第，后经元载、王缙等举荐才谋得官职。朱泚之乱过后，咸宁王浑瑊出镇河中，提拔卢纶为元帅府判官。这是卢纶边塞生活的开始。在军营中，卢纶看到的都是雄浑肃穆的边塞景象，接触到的都是粗犷豪迈的将士，在这种背景下创作了这组边塞诗。

驿路长歌

90. 和张仆射塞下曲^①·其二

【唐】 卢纶

林暗草惊风^②，

将军^③夜引弓^④。

平明^⑤寻白羽^⑥，

没^⑦在石棱^⑧中。

注释：

①塞下曲：古代歌曲名。这类作品多是描写边境风光和战争生活。

②惊风：突然被风吹动。

③将军：指的是西汉的飞将军李广。

④引弓：拉弓，开弓。这里包含下一步的射箭。

⑤平明：天刚亮的时候。

⑥白羽：箭杆后部的白色羽毛，这里指箭。

⑦没：陷入，这里是钻进的意思。

⑧石棱：石头的棱角。也指多棱的山石。

译文：

昏暗的树林中，草突然被风吹动，将军在夜色中连忙开弓射箭。

天明寻找昨晚射的白羽箭，箭头深深插入巨大石块中。

诗词赏析：

卢纶《塞下曲》共六首一组，分别写发号施令、射猎破敌、奏凯庆功等等军营生活。语多赞美之意。此为第二首，描写将军夜里巡逻时的景况。将军夜猎，见林深处风吹草动，以为是虎，便弯弓猛射。天亮一看，箭竟然射进一块石头中去了。通过这一典型情节，表现了将军的勇武。诗的取材，出自《史记·李将军列传》。据载，汉代名将李广猿臂善射，在任右北平太守时，就有这样一次富于戏剧性的经历："广出猎，见草中石，以为虎而射之。中石没镞，视之石也。因复更射之，终不能复入石矣。"首句写将军夜猎场所是幽暗的深林；当时天色已晚，一阵阵疾风刮来，草木为之纷披。这不但交代了具体的时间、地点，而且制造了一种气氛。右北平是多虎地区，深山密林是百兽之王猛虎的藏身之所，而虎又多在黄昏夜分出山。

《天山》 张宝松 作

91.前出塞九首·其六

【唐】 杜甫

挽弓①当挽强②，用箭当用长③。

射人先射马，擒④贼先擒王。

杀人亦有限⑤，列国⑥自有疆⑦。

苟能⑧制侵陵⑨，岂在多杀伤。

注释：

①挽弓：拉弓。

②强：指硬弓。

③长：指长箭。

④擒：捉拿。

⑤亦有限：是说也有个限度，有个主从。

⑥列国：各国。

⑦疆：边界。

⑧苟能：如果能。

⑨陵：通"凌"，欺侮。侵陵：侵犯。制侵陵：制止侵犯。

译文：

用弓就要用强弓，用箭就要用长箭。射敌人时要先射他的马，捉拿贼寇时要先捉拿他们的头领。杀人也应有个限度，各国也都有各自的疆界。只要能够制止敌人的侵犯，并不在于杀伤多少敌人。

创作背景：

天宝十一载（752年），40岁的杜甫写的《前出塞》是一系列军事题材的诗歌。这个时期还是唐朝的生长期，伴随着生长期的是唐朝在军事上的扩张期，朝廷上上下下的预估大多是乐观的，杜甫却对唐玄宗的军事路线不太认同。

驿路长歌

92.从军北征

【唐】 李益

天山雪后海风寒，
横笛偏①吹行路难②。
碛③里征人三十万，
一时回首④月中⑤看。

驿路长歌

注释：

①偏：一作"遍"。

②行路难：乐府曲调名，多描写旅途的辛苦和离别的悲伤。

③碛（qì）：沙漠的意思。这里指边关。

④回首：一作"回向"。

⑤月中：一作"月明"。

译文：

天山下了一场大雪，从青海湖刮来的风更添寒冷。行军途中，战士吹起笛曲《行路难》。

听到这悲伤的别离曲，驻守边关的三十万将士，都抬起头来望着东升的月亮。

创作背景：

此诗作于德宗贞元元年（785年）至四年（788年）间在杜希全幕中之时。李益入朔方节度使崔宁的幕府，随着崔宁在边疆巡视时，感受到军队已经不复盛唐的雄壮豪迈，有感而发，创作出这首诗。李益选取了一幅最动人的画面，以快如并刀的诗笔把它剪入诗篇，著成《从军北征》。

《佛山》　　　　　　　　　　　　　张宝松　作

93. 塞下曲

【唐】 李益

伏波①惟愿裹尸还，

定远②何须生入关。

莫遣只轮③归海窟，

仍留一箭定天山。

注释：

①伏波：古代对将军个人能力的一种封号。这里是指马援。

②定远：班超曾被封为定远侯。

③只轮：任何一个人。

译文：

应该像马援那样只愿战死疆场，以马革裹尸还葬，何必像班超那样非要保全生命，活着入关返回家乡！

全歼敌人，不能让一个敌人逃跑，而且应该留驻边疆，让敌人不敢再来侵犯。

诗词赏析：

在这首诗中，诗人连用四个典故，以凝练、生动的笔调，表现了唐军将士精忠报国、视死如归的豪情壮志。诗歌一、二句运用了汉代名将伏波将军马援和定远侯班超的典故；第三句运用了战国时代，晋国大败秦国，使其全军覆没的典故；第四句运用了唐代著名将领薛仁贵三箭定天山的典故。

头二句夸赞东汉名将马援和班超。"伏波惟愿裹尸还"，这句说的是马援的故事。东汉马援屡立战功，被封为伏波将军。他曾经说：男儿当战死在边疆，以马革裹尸还葬。"定远何须生入关"，这句说的是班超的故事。东汉班超投笔从戎，平定西域一些少数民族贵族统治者的叛乱，封定远侯，居西域三十一年，后因年老，上书皇帝，请求调回，有"但愿生入玉门关"句。

以上两句说：为保家卫国，边塞将士应长期驻守边疆，宁愿战死疆场，无须活着回到玉门关。

后二句表达了诗人灭敌及长期卫边的决心。"莫遣只轮归海窟"句，"只轮"，一只车轮。《春秋公羊传》："僖公三十三年，夏四月，晋人及姜戎败秦于殽……晋人与羌戎要之殽而击之，匹马只轮无反（返）者。""海窟"，本指海中动物聚居的

驿路长歌

洞穴，这里借指当时敌人所居住的瀚海（沙漠）地方。这句的意思是说，不能让一个敌人逃跑。"仍留一箭定天山"说的是唐初薛仁贵西征突厥的故事。《旧唐书·薛仁贵传》记载：唐高宗时，薛仁贵领兵在天山迎击九姓突厥十余万军队，发三矢射杀了他们军队中的三人，使其余军士皆下马请降。薛仁贵率兵乘胜前进，凯旋时，军中歌唱道："将军三箭定天山，战士长歌入汉关。"

以上两句意思是说：要全歼敌人，不能让一个敌人逃跑，而且应该留驻边疆，使敌人不敢再来侵犯。

这首诗通过东汉马援、班超和唐初薛仁贵三位名将的故事，讴歌了将士们激昂慷慨、视死如归、坚决消灭来犯之敌的英雄气概和勇于牺牲的精神，反映了当时人民要安边定远的心愿。全诗情调激昂，音节嘹亮，是一首激励人们舍身报国的豪迈诗篇。

驿路长歌

94.塞上曲二首·其二

【唐】 戴叔伦

汉家旌帜^①满阴山，

不遣胡儿^②匹马还。

愿得此身长报国，

何须生入玉门关^③。

注释：

①旌帜：旌旗。

②胡儿：突厥胡人。

③生入玉门关：意谓班超久在西域，年老思念故土，上书求放归，希望在未死前，能活着回到家乡。

作者简介：

　　戴叔伦（732—789），唐代诗人，字幼公（一作"次公"），润州金坛（今属江苏常州）人。年轻时师事萧颖士。曾任新城令、东阳令、抚州刺史、容管经略使。晚年上表自请为道士。其诗多表现隐逸生活和闲适情调，但《女耕田行》《屯田词》等篇也反映了人民生活的艰苦。论诗主张"诗家之景，如蓝田日暖，良玉生烟，可望而不可置于眉睫之前"，其诗体裁皆有所涉猎。

译文：

　　我巍巍大唐的猎猎旌旗在阴山飘扬，突厥胡人胆敢来犯定叫他有来无还。作为子民我愿以此身报效国家，大丈夫建功立业何须活着返回家园。

创作背景：

　　戴叔纶的《塞上曲》共两首，为七言绝句。这是第二首。里面有一典故，就是"生入玉门关"。这"生入玉门关"原本是定远侯班超的句子，是说班超出使西域30多年，老时思归乡里，上书言"臣不敢望酒泉郡，但愿生入玉门关"。班超30年驻使西域，为国家民族鞠躬尽瘁，老而思乡求返，本无可咎。但以戴叔纶之见，班超的爱国主义还是不够彻底——他不应提出"生入玉门关"，也无须提出"生入玉门关"，安心报国就是了。戴叔纶的爱国之切是好的，义无反顾也是好的，但放到班超这个实际例子上看，却不太近人情。知道了这个典故，全诗意思迎刃而解。前一联讲的是汉家重兵接敌，对胡兵一骑都不会放过。而后就是上文说过的典故——不回玉门关了，要以必死信念战胜胡兵，报国靖边以宁。

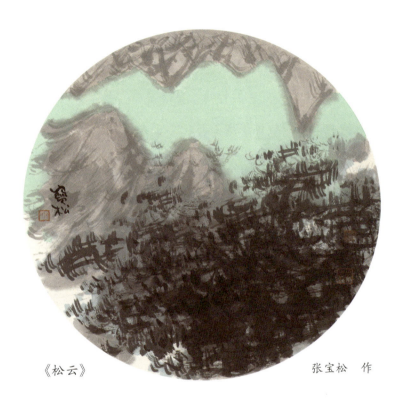

《松云》   张宝松　作

95.马诗二十三首·其五

【唐】 李贺

大漠^①沙如雪，

燕山^②月似钩^③。

何当^④金络脑^⑤，

快走踏^⑥清秋^⑦。

注释：

①大漠：广大的沙漠。

②燕山：在河北省，东西走向，构成了一些重要隘口，如古北口、喜峰口等。一说为燕然山，即今之杭爱山，在蒙古人民共和国西部。

③钩：比喻弯月。宋李弥逊《游梅坡席上杂酬》之二："竹篱茅屋倾樽酒，坐看银钩上晚川。"古人睡觉床上都有幔，睡觉时拉上，白天就用帘钩挂起在两旁（很像现在的蚊帐）。古人很有雅致，有时候就卧在床上赏景。秦观有词"宝帘闲挂小银钩"，当时月亮正巧出现在帘钩的位置，于是此人就把银色的月亮比作了帘钩。

④何当：何时，何日。

⑤金络脑：即金络头，用黄金装饰的马笼头。

⑥踏：走，跑。此处有"奔驰"之意。

⑦清秋：清朗的秋天。

译文：

广阔的沙漠在月的映照下如铺上了一层霜雪，燕山之上悬挂着一轮如银钩（兵器）的弯月。何时能配上金饰的络头，在清爽的秋季里奔驰在沙场上。

创作背景：

李贺的23首咏马诗，全都写马，以短小的篇幅，勾勒了马的形象。例如"其二"，写马在腊月雪天"未知口硬软，先拟蒺藜衔"，表现马的吃苦精神；"其三"写项羽自杀后他的乌锥马对英雄的思念："君王今解剑，何处逐英雄？""其四"写千里马在遭遇很坏的情况下，仍能保持其美好的素质："向前敲瘦骨，犹自带铜声。""其二十三"则嘲讽封建统治者弃置好马，而只养一些无用的"肉马"。这些马诗，其实都是托物咏志、写物抒怀之作，通过对马的吟咏，或抒发自己怀才不遇的感慨，或讽刺封建统治阶级不爱惜人才，或寄寓自己希望得遇明主的情思。

96.从军行①

【唐】 杨炯

烽火②照西京③，心中自不平。

牙璋④辞凤阙⑤，铁骑绕龙城⑥。

雪暗凋⑦旗画，风多杂鼓声。

宁为百夫长⑧，胜作一书生。

注释：

①从军行：为乐府《相和歌·平调曲》旧题，多写军旅生活。

②烽火：古代边防告急的烟火。

③西京：长安。

④牙璋：古代发兵所用之兵符，分为两块，相合处呈牙状，朝廷和主帅各执其半。指代奉命出征的将帅。

⑤凤阙：阙名。汉建章宫的圆阙上有金凤，故以凤阙指皇宫。

⑥龙城：又称龙庭，在今蒙古国鄂尔浑河的东岸。汉时匈奴的要地。汉武帝派卫青出击匈奴，曾在此获胜。这里指塞外敌方据点。

⑦凋：原意指草木枯败凋零，此指失去了鲜艳的色彩。

⑧百夫长：一百个士兵的头目，泛指下级军官。

作者简介：

    杨炯（650—692），汉族，弘农华阴（今属陕西）人，排行第七。唐朝诗人，初唐四杰之一。显庆六年（661年），年仅11岁的杨炯被举为神童。上元三年（676年）应制举及第，授校书郎。后又任崇文馆学士，迁詹事、司直。垂拱元年（685年），降官为梓州司法参军。天授元年（690年），任教于洛阳宫中习艺馆。如意元年（692年）秋后改任盈川县令，吏治以严酷著称，卒于任所。因此，后人称他为"杨盈川"。

译文：

    边塞的报警烽火传到了长安，壮士的心怀哪能够平静。辞别皇宫，将军手执兵符而去；围敌攻城，精锐骑兵勇猛异常。大雪纷飞，军旗黯然失色；狂风怒吼，夹杂咚咚战鼓。我宁愿做个低级军官为国冲锋陷阵，也胜过当个白面书生只会雕句寻章。

创作背景：

    公元679—681年（唐高宗调露、永隆年间），吐蕃、突厥曾多次侵扰甘肃一带，裴行俭奉命出师征讨。唐汝询在《唐诗解》中认为是作者看到朝廷重武轻文，只有武官得宠，心中有所不平，故作诗以发泄牢骚。

97.从军行①

【唐】 陈羽

海②畔风吹冻泥裂，

枯桐叶落枝梢折③。

横笛④闻声不见人，

红旗直上⑤天山雪。

注释：

①从军行：乐府《相和歌辞·平调曲》名。歌词内容多写边塞情况和将士生活。

②海：古代西域的沙漠、大湖泊都叫"海"。这里指天山脚下的湖泊。

③折：断。

④横笛：横吹的一种笛子。

⑤直上：一直向上、向前。

作者简介：

　　陈羽，约唐宪宗元和初前后在世，字不详，江东人。工诗，与上人灵一交游，唱答颇多。贞元八年（792年），二人登进士第；而他与韩愈、王涯等同为龙虎榜。后仕历东宫卫佐。

译文：

　　天山脚下寒风劲吹，湖边冻泥纷纷裂开，梧桐树上的叶子已经落光，枝梢被狂风折断。皑皑雪山，传出高亢嘹亮的笛声却看不见人，循声望去，只见在天山白雪的映衬下，一行红旗正在向峰巅移动。

创作背景：

　　陈羽生活的年代正处于中唐，其时，唐代边患不断，描写战士生活的诗歌层出不穷，这首诗即是作者早年宦游、任职幕府时所作。这首《从军行》兼有诗情画意之美，莽莽大山，成行红旗，雪的白，旗的红，山的静，旗的动，展示出一幅壮美的风雪行军图。

《绿原》 张宝松 作

98.恭诵左公①西行甘棠

【清】 杨昌浚

大将②筹边尚未还，

湖湘子弟满天山。

新栽杨柳三千里，

引得春风渡玉关。

注释：

①左公：左宗棠（1812—1885），汉族，字季高，一字朴存，号湘上农人。湖南湘阴人。晚清政治家、军事家，民族英雄，洋务派代表人物之一，与曾国藩等人并称"晚清中兴四大名臣"。

②大将：左宗棠。

作者简介：

杨昌浚（1825—1897），字石泉，号镜涵，别号壶天老人，晚清军事将领。太平军兴起之后，他追随左宗棠、曾国藩等创办湘军团练出身，授予训导、教授等职位，后因父亲病重请求回家。咸丰十年（1860年），左宗棠帮办两江军务的时候招揽杨昌浚复出，任知县加同知、衢州知府、浙江储运道、浙江布政使、浙江巡抚等职。任浙江巡抚七年，因错批"葛毕氏谋害亲夫"案被革职。光绪四年（1878年），左宗棠督办新疆军务，杨昌浚在帮办军务中再次崛起。先后担任甘肃布政使、署理陕甘总督、漕运总督、闽浙总督兼福建巡抚、陕甘总督兼甘肃巡抚、兵部尚书等职。官至太子太保。有《平浙纪略》《平定关陇纪略》。

译文：

左大将军西征剿灭阿古柏匪军尚未返乡，湖湘子弟兵在天山南北屯田守卫边疆。

屯田边疆新栽的杨柳就有数千里，重归统一的边疆迎来了春风度玉门关的好时光。

创作背景：

1865年，浩罕汗国阿古柏入侵新疆，自立国号为哲德沙尔汗国，宣布脱离清廷。俄国乘机占据了伊犁，英国也虎视眈眈，意图瓜分西北。1876年，在左宗棠的率领下，湘军进入新疆，清军收复新疆之战开始。9月，首先攻下乌鲁木齐。又攻克玛纳斯城，从而北路荡平。接着集结兵力转攻南路。第二年3月，又先后收复达坂城和托克逊城。不久，左宗棠军又收复吐鲁番。阿古柏在此时猝死！同年8月，大军从正道向西挺进，先收复南疆东四城：焉耆、库车、阿克苏、乌什；接着收复西四城：喀什、英吉沙、叶尔羌与和田。至此，这场由英、俄两国支持的阿古柏之乱乃告平息。

本诗赞颂了左宗棠只身率领湘军，棺材开路，收复伊犁，和曾纪泽（曾国藩长子）联手，一文一武抗击沙俄，使新疆不至于落入沙皇之手，扶大厦于将倾，救黎民于水火的功绩，表达了作者对左宗棠的崇敬和赞美之情。

99.征怨

【唐】 柳中庸

岁岁金河复玉关^①，

朝朝马策与刀环^②。

三春白雪归青冢^③，

万里黄河绕黑山^④。

注释：

①岁岁：年复一年，年年月月。金河：即黑河，在今呼和浩特市城南。玉关：即甘肃玉门关。

②朝（zhāo）朝：每天，日日夜夜。马策：马鞭。刀环：刀柄上的铜环，喻征战事。

③三春：春季的三个月或暮春，此处指暮春。青冢（zhǒng）：西汉时王昭君的坟墓，在今内蒙古呼和浩特之南，当时被认为是远离中原的一处极僻远荒凉的地方。传说塞外草白，唯独昭君墓上草色发青，故称青冢。

④黑山：又名杀虎山，在今内蒙古呼和浩特市东南。

作者简介：

柳中庸（？—约775），名淡，中庸是其字，唐代边塞诗人。河东（今山西永济）人，为柳宗元族人。大历年间进士，曾官鸿府户曹，未就。萧颖士以女妻之。与弟中行并有文名。与卢纶、李端为诗友。《征怨》是其流传最广的一首。其诗以写边塞征怨为主。

译文：

年复一年戍守金河保卫玉关，日日夜夜都同马鞭和战刀作伴。

三月白雪纷纷扬扬遮盖着昭君墓，滔滔黄河绕过黑山，又奔腾向前。

创作背景：

此诗约作于公元766—779年间（唐代宗大历年间），当时吐蕃、回鹘多次侵扰唐朝边境，唐朝西北边境不甚安定，守边战士长期不得归家。诗中写到的金河、青冢、黑山，都在今内蒙古自治区境内，唐时属单于都护府。由此可以推断，这首诗是为表现一个隶属于单于都护府的征人的怨情而作。

驿路长歌

《奔牛》 张宝松 作

100. 白沟^①行

【宋】 王安石

白沟河边蕃塞地，送迎蕃使年年事。

蕃马^②常来射狐兔^③，汉兵不道^④传烽燧^⑤。

万里鉬^⑥耰接塞垣^⑦，幽燕^⑧桑叶^⑨暗川原^⑩。

注释:

①白沟：宋辽之间的界河。西起沉远泊（今河北保定市北面），东至泥沽海口（今天津市塘沽南面），河、泊相连，弯弯曲曲达900里。

②蕃马：指辽国军人。

③射狐兔：狩猎野兽，实际是指辽军越境骚扰。

④不道：不说，不认为有必要。

⑤烽燧：烽火，边境上报警的信号。

⑥鉬（chú）：同"锄"。

⑦耰（yōu）：古代用来平整土地和覆盖种子的农具。接塞垣：延伸到了边界地区。

⑧幽燕：指今北京市、天津市、河北北部一带地区。

⑨桑叶：代指农桑，即庄稼。

⑩暗川原：山川原野一片翠绿。这两句叙述经过辽国占领区所见的情景。幽燕自古以来就是中国领土，这片沃土现在却成了辽国的粮仓。

棘门⑪灞上⑫徒儿戏，李牧廉颇⑬莫更论。

注释：

⑪棘门：原为秦京宫门，在今陕西省咸阳市东北。公元158年，匈奴大举进犯，汉文帝派遣徐厉驻守棘门。

⑫灞上：在今陕西省西安市东面，是军事要地，文帝令刘礼领兵驻守。

⑬李牧廉颇：李牧、廉颇是战国时期赵国（都城在今河北省邯郸市）名将，都曾打败过北方的强敌。这两句是批评当时北宋派去防辽的边将庸碌无能，松松垮垮，名为防敌，实同"儿戏"，只是徐厉、刘礼之辈，更无法同李牧、廉颇相提并论。

作者简介：

王安石（1021—1086），字介甫，号半山，谥文，封荆国公，世人又称王荆公。汉族，北宋抚州临川（今江西省抚州市临川区邓家巷）人。中国北宋著名政治家、思想家、文学家、改革家，唐宋八大家之一。欧阳修称赞王安石："翰林风月三千首，吏部文章二百年。老去自怜心尚在，后来谁与子争先。"传世文集有《王临川集》《临川集拾遗》等。其诗文各体兼擅，词虽不多，但亦擅长，且有名作《桂枝香》等。而王荆公最得世人哄传之诗句莫过于《泊船瓜洲》中的"春风又绿江南岸，明月何时照我还"。

译文：

白沟河是宋辽之间的界河，年年都有送迎辽国使臣的事情。

辽国人常常借口打猎侵扰边界，边界上的驻军却不知道点燃烽火发出警报。

广阔的农田延伸到了边界地区，幽燕之地的桑林密密遮蔽着河川原野。

可是边界上的守将对此毫无所知，他们把守卫边疆当儿戏，如果想找像李牧、廉颇那样的良将，那就更是找不到了。

诗词赏析：

1059年（宋嘉佑四年），一说1060年，王安石奉命出使辽国，来回经过白沟，有感而写了这首古体诗。

作者了解到当时辽国人常来汉地边境侵扰而北宋军队却轻

敌麻痹的情况；目睹了宋边疆一望万里，都是无险可守的农田，而辽国地区桑林密密遮蔽着河川原野的现状。这一强烈的反差给作者以极大的震撼，诗中以南北边境地区的情况作对比，揭示出了宋朝边防松懈、无险可守，而辽国则深不可测、暗伏杀机的严峻现实。

前四句写宋朝实行妥协、退让、苟安政策，划白沟为界，使白沟河河北尽成辽地，并且年年在这里迎送辽使；但辽方仍不断骚扰边境，而宋却放松戒备，不知报警。后四句发抒感慨，诗人先歌颂祖国包括幽燕之地在内的万里山河，接着借用史实，指责宋朝边将视边防如同儿戏，实际上也是批评轻视边防、不用良将的宋朝统治者。最后两句"棘门灞上徒儿戏，李牧廉颇莫更论"，总结全诗，揭示了山河残破、边塞失防问题的症结之所在，深刻有力，不仅在当时有现实意义，对后世也有一定的警戒作用。

101.听安万善吹觱篥①歌

【唐】 李颀

南山截竹为觱篥，此乐本自龟兹②出。

流传汉地曲转奇③，凉州胡人为我吹。

傍④邻闻者多叹息，远客思乡皆泪垂。

世人解⑤听不解赏，长飙⑥风中自来往。

枯桑老柏寒飕飗⑦，九雏鸣凤⑧乱啾啾。

注释：

①觱篥（bì lì）：亦作"筚篥""悲篥"，又名"笳管"。簧管古乐器，似唢呐，以竹为主，上开八孔（前七后一），管口插有芦制的哨子。汉代由西域传入，今已失传。

②龟兹（qiū cí）：古西域国名，在今新疆库车、沙雅一带。

③曲转奇：曲调变得更加新奇、精妙。

④傍：靠近、临近，意同"邻"。

⑤解：助动词，能、会。

⑥飙：暴风，这里用如形容词。

⑦飕飗（sōu liú）：拟声词，风声。

⑧九雏鸣凤：典出古乐府"凤凰鸣啾啾，一母将九雏"，形容琴声细杂清越。

龙吟虎啸一时发，万籁⑨百泉相与秋。

忽然更作渔阳掺⑩，黄云萧条白日暗。

变调如闻杨柳春，上林繁花照眼新⑪。

岁夜高堂列明烛，美酒一杯声⑫一曲。

注释：

　　⑨万籁：自然界的各种天然音响。

　　⑩渔阳掺：渔阳一带的民间鼓曲名，这里借代悲壮、凄凉之声。

　　⑪上林：即上林苑，古宫苑名，有两处：一为秦都咸阳时置，故址在今陕西省西安市西；一为东汉时置，故址在今河南省洛阳市东。新：清新。

　　⑫声：动词，听。

译文：

从南山截段竹筒做成觱篥，这种乐器本来是出自龟兹。

流传到汉地曲调变得新奇，凉州胡人安万善为我奏吹。

座旁的听者个个感慨叹息，思乡的游客人人悲伤落泪。

世人只晓听曲不懂得欣赏，乐人就像独行于暴风之中。

又像风吹枯桑老柏沙沙响，还像九只雏凤鸣叫啾啾啼。

好似龙吟虎啸同时都爆发，又如万籁齐响秋天百泉汇。

忽然变作渔阳掺低沉悲壮，顿使白日转昏暗乌云翻飞。

再变如同杨柳枝热闹欢快，仿佛看到上林苑繁花似锦。

除夕夜高堂上明烛放光芒，喝杯美酒再欣赏一曲觱篥。

创作背景：

《听安万善吹觱篥歌》是唐代诗人李颀创作的诗篇，被选入《唐诗三百首》。此诗写诗人听了胡人乐师安万善吹奏觱篥，称赞他高超的技艺，同时写觱篥之声凄清，闻者悲凉。前六句先叙篥的来源及其声音的凄凉；中间十句写其声多变，为春为秋，如凤鸣如龙吟；末两句写诗人身处异乡，时值除夕，闻此尤感孤寂凄苦。诗在描摹音乐时，不仅以鸟兽树木之声作比，同时采用通感手法，写得形象生动，富有感染力。

《天山雪》 张宝松 作

102.安西馆^①中思长安

【唐】 岑参

家在日出处^②，朝来起东风。

风从帝乡来，不异家信通。

绝域地欲尽，孤城天遂穷。

弥年^③但走马，终日随飘蓬。

寂寞不得意，辛勤方在公^④。

胡尘净古塞，兵气屯边空。

乡路眇^⑤天外，归期如梦中。

遥凭长房术^⑥，为缩天山东^⑦。

注释：

①天宝九载（750年）作于安西（今新疆库车）。馆：客舍。

②日出处：形容东方极远之地。指长安。

③弥年：整年。

④在公：在官府任事之意。

⑤眇：远。

⑥长房术：指缩地术。

⑦为缩天山东：谓将天山缩向东方。

译文：

    我的家乡在日出的地方，早晨起来见到了家乡来的风，吹拂着来自家乡的风，就像收到了家信一样令人惊喜。在这偏僻荒远的边疆，道路走到了尽头，城池建在了天边。我常年如同那奔走的马匹，终日如同那漂泊的蓬草。一整年来，边塞无事，我的心愿得到满足。只是边塞生活特别寂寞，乡愁难耐。边塞沙尘漫天，将士戒备森严。我回家的路远在天边，我回家的日期如在梦中。多想像费长房一样有缩短距离的法术，把家乡拉到我的身边。

诗词赏析：

    这是岑参到达安西的第二年，即天宝九载（750年）的作品。一年来，边塞无事，黾勉从公，得遂旧愿，只是边庭寂寞，乡愁难耐。此诗就如实地记录了这种复杂的感情。首言见到家乡来的风，令人惊喜；然后点出眼前艰苦的边塞生活，叫人发愁；再说生活单调，心情寂寞；最后写归期如梦，返家无望。